Jana Frey

Kichererbsen mit Schokolade

Vier Zwillinge und ein Hochzeitspaar

Weitere Kinderbücher von Jana Frey im Arena Verlag:
Kichererbsen mit Schokolade. Familienchaos für Anfänger
Störenfrieda. Lauter Krachgeschichten

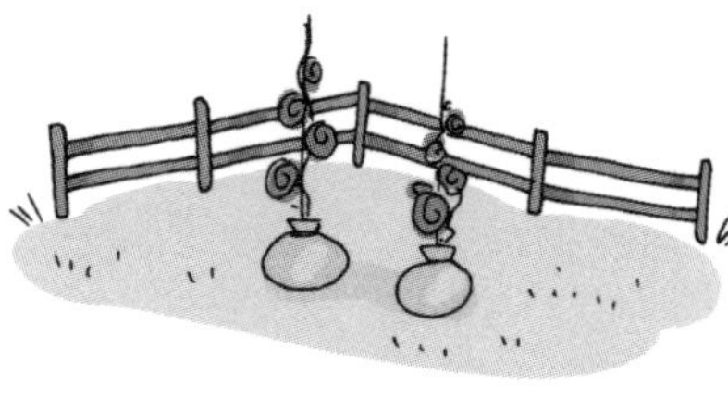

Jana Frey
wurde 1969 in Düsseldorf geboren. Nach ihrer Schulzeit in Wiesbaden studierte sie in Frankfurt, San Francisco und Auckland/Neuseeland Literatur, Kunst und Geschichte. 1994 erschien ihr erster Jugendroman. Inzwischen hat sie zahlreiche von der Presse hochgelobte Bücher für Kinder und Jugendliche geschrieben. Ihr Roman »Höhenflug abwärts« wurde für den Jugendliteraturpreis nominiert. Jana Frey lebt mit ihren beiden jüngsten Kindern und dem Familienhund Smilla am Rhein.

Isabelle Metzen
zeichnet, seit sie einen Stift in der Hand halten kann – also eigentlich schon immer. Nach ihrem Diplom in Design an der FH Münster hat sie sich selbstständig gemacht und illustriert jetzt leidenschaftlich Kinder- und Jugendbücher.

Jana Frey

Kichererbsen mit Schokolade

Vier Zwillinge und ein Hochzeitspaar

Mit Vignetten von Isabelle Metzen

Arena

Wer Freude genießen will,
muss sie teilen – das GLÜCK
wurde als ZWILLING geboren …

Meinen Zwillingen Linnea und Klara gewidmet

FSC
www.fsc.org
MIX
Papier aus verantwortungsvollen Quellen
FSC® C110508

1. Auflage 2018

Cover und Vignetten: Isabelle Metzen
Umschlaggestaltung: Anja Götz
Satz: Goldesel, Malte Ritter
Gesamtherstellung: Westermann Druck GmbH, Braunschweig
978-3-401-60449-7

1
Maus im Haus

»Oh Mann«, sagte Ali und sah sich mit düsterem Blick um. Das konnte ja wohl nicht wahr sein! *Hatte sie dort hinten an der alten Heizung eben tatsächlich zwei … MÄUSE entlanghuschen sehen?*

»Wunderwunderschön!«, flötete Isabella rechts neben ihr im selben Moment begeistert. Es war ein unfreundlicher Februartag, an dem die Wolken sich benahmen, als ob sie sich am liebsten zum Schlafen auf den Boden gelegt hätten.

»Wie gesagt: Hier und da ist natürlich eine *klitzekleine Kleinigkeit* zu tun …«, rief der Häusermakler mit enthusiastischer Stimme und ging mit großen, federnden Schritten vor ihnen her durch das kalte, wie es aussah, seit Jahren nicht geheizte Haus. Die abgewetzten, schiefen und krummen Holzdielen des leer stehenden Kastens knarrten beängstigend laut, Flocken von Staub wirbelten auf und als der Makler schwungvoll die Tür zum großen Wohnraum (mit verrußtem Uraltkamin) öffnete, hielt er im selben Augenblick die Türklinke in der Hand. Er schaffte es, heiter aufzulachen, als sei gar nichts dabei, und steckte die Klinke kurzerhand an ihren Platz zurück.

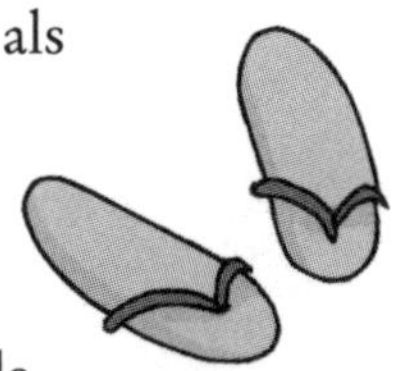

Ali warf Pau einen vielsagenden Blick zu.

Seit über einem Monat ging das nun schon so: WOHNUNGSSUCHE beziehungsweise Haussuche, den ganzen

Januar und nun auch schon den Februar lang, weil sie ja jetzt immerhin zu sechst waren, seit ihre Mutter beschlossen hatte, sich ausgerechnet einen neuen Mann zuzulegen, der zwei zwölfjährige Söhne im Schlepptau hatte!

HALT, nein! Im Grunde genommen sogar zu *siebt,* wenn man Ibrahims leicht verrückte Mutter Hedia dazuzählte, die darauf bestand, von nun an nicht mehr von der Seite ihres einzigen Sohnes zu weichen.

»Wo doch bald das Baby kommt!«, erklärte sie stur wie ein bockiger Esel, sobald das Gespräch darauf kam, wann sie eigentlich vorhabe, zurück nach Hause in den Iran zu reisen. »Ein Baby braucht Großmutter – wie Luft zum Atmen! Ich werde bleiben! Für IMMER! Basta!«

Verflixt, de facto waren sie also so gut wie zu *acht,* denn in ein paar Monaten, wenn endlich wieder Sommer war, würde Isabella ja das besagte, neue *Baby* bekommen! Hilfe – eine GROSSFAMILIE!

Und da war es eben viel besser, gleich nach einem neuen Haus zu schauen, behaupteten Isabella und Ibrahim.

»Der Bungalow gestern – *der* war *wunderwunderschön«,* regte sich Ali auf und machte Isabellas WUNDERWUNDERSCHÖN mit übertrieben schriller Stimme nach. »Der hatte diesen abgefahrenen Pool im Keller – und überhaupt …«

»Ich fand dieses Reihenhaus am Stadtrand gut«, unterbrach sie Roschan aus dem Inneren ihres Handys heraus. Er war via *Facetime* bei der Hausbegehung mit von der Partie und starrte ihr mit finsterer Miene aus dem Display entgegen.

Ali hielt das eingeschaltete Handy in die Höhe und drehte sich damit im Raum, um Roschan wenigstens einen kleinen Überblick über die Katastrophe zu geben.

»Boah! Runtergekommen wie nur was …! Die volle *Bruchbude!«*, stöhnte der, ganz wie Ali es erwartet hatte, und verzog das (leider umwerfend hübsche) Gesicht. »Wie gesagt – dieses Reihenhaus am Stadtrand, das wir letzte Woche besichtigt haben, war super: gleich nebenan der riesige Sportplatz! Und dazu dieses neue Freibad mit dem Zehnmeterbrett gleich die Straße runter!«

»Das Reihenhaus war zu klein, zu spießig, zu popelig, zu teuer, sagt Isabella«, erinnerte Ali ihren neuen Fast-Stiefbruder an das vernichtende Urteil ihrer Mutter. (Konnte man Stiefbrüder eigentlich eines fernen Tages … nun ja … heiraten?)

»Ich fand ja dieses lila Haus in der Straße hinter dem großen Einkaufszentrum gut«, erklärte Pau gerade und drehte auf ihrem neuen Hoverboard eine Runde durch die leeren, großen Räume. »Oma Hedia fand es auch prima da. – Und eine klasse Halfpipe gibt es da auch!«

Ali warf ihrer eineiigen Zwillingsschwester einen pikierten Blick zu. »Pau! Spinnst du jetzt komplett? Dieses lila Dingsbums steht in exakt derselben Straße wie die *MOSCHEE,* in die Oma Hedia dauernd zum Beten rennt! – *Da* willst du wohnen? Neinneinnein, nur über meine Leiche! Ibrahim will da auch nicht hin, sagt er.«

»Wo will ich nicht hin?«, fragte Ibrahim, der gerade pfeifend aus dem Obergeschoss wieder nach unten getrabt kam und sich mit einem halb ausgeklappten Zollstock die Staubflusen aus den schwarzen Locken stocherte. Oben war es anscheinend noch staubiger als im Erdgeschoss. Immerhin stand das Haus, wie der Makler erklärt hatte, ja schon ein paar Jahre leer.

»In dieses lila Haus, von dem deine – sorry, Ibrahim – *wild religiöse* Mutter so begeistert war.«

Ali warf dem Freund ihrer Mutter einen prüfenden Blick zu. Nahm er es ihr übel, wenn sie so über Oma Hedia sprach? Aber die alte, kugelrunde Frau war eben wirklich … leicht merkwürdig – um es mal höflich auszudrücken! Zum Beispiel trug sie sogar zu Hause ununterbrochen ein eng gebundenes Kopftuch und sobald sie das Haus mal verließ (und sei es auch nur, um den Müll nach unten zu bringen oder aus einem anderen Grund eine Zehe aus der Haustür zu strecken), hüllte sie sich zusätzlich sehr sorgfältig und sehr vollständig in einen weit wehenden nachtschwarzen Kopf-bis-Fuß-Schleier ein, damit nur ja niemand Fremdes versehentlich einen Zipfel von ihr zu sehen bekam. Aber das war noch lange nicht alles! Da war ja auch die Sache mit den Ohnmachtsanfällen …!

Aber Ibrahim lachte nur und unterbrach damit Alis düstere Gedanken. »Dieses kastige lila Haus? Uh, nein! Direkt an der Hauptstraße will ich nun wirklich nicht wohnen. Und dazu dieses nervige Einkaufszentrum gleich um die Ecke …«

Ibrahim schüttelte sich und steckte anschließend den Kopf tief in den uralten Kamin hinein.

»Ob da noch was geht?«, hörte Ali ihn murmeln. »Kamine habe ich nämlich wirklich gerne …«

»Freude, schöner Götterfunken, Tochter aus Elysium …«, schmetterte genau in dem Moment sein Handy los. Ibrahim, der sehr schreckhaft war, fuhr zusammen und hob ruckartig den Kopf – was nicht unbedingt die allerbeste Idee ist, wenn man gerade tief in einem alten Kamin steckt. Es rumste und Ibrahim rieb sich, als er sich befreit hatte, jammernd den angeschlagenen Schädel.

»Autsch – herrje … Hallo?«, stöhnte er und lauschte in den Hörer. Ibrahims schrottiges Handy hatte die Macke, dass es alle Anrufe immer im Lautsprechermodus wiedergab und daher immer jeder mitbekam, wer anrief.

Am anderen Ende der Leitung war Roschans Zwillingsbruder Darius, der in der Nachbarstadt bei einem Mathematikwettbewerb war. Er nahm dauernd an Mathematikwettbewerben teil und sein Zimmer war vollgestopft mit Pokalen, Urkunden und Gewinnerwimpeln. Darius war eben ein zweiter Einstein!

»Erster Platz, Paps«, informierte er seinen Vater, der nichts anderes erwartet hatte. Dann fügte er neugierig hinzu: »Wie ist das Haus, das ihr heute anschaut? – Gut?«

Ali verpasste Ibrahims Antwort, weil sie in exakt diesem Moment erneut die beiden Mäuse hinter der altmodischen Rippenheizung entdeckte – diesmal huschten sie eilig an der verbeulten Fußleiste des Zimmers entlang und witschten eine Nanosekunde später durch die offen stehende Tür mit der losen Klinke. – Und gleichzeitig tauchten auch Isabella und der Makler wieder auf. Sie lächelten beide verklärt und tauschten ein paar zufriedene, vielsagende Blicke.

Ali vergaß die Mäuse und fixierte stattdessen misstrauisch das beglückte Gesicht ihrer Mutter.

Und da rückte Isabella auch schon mit der Neuigkeit heraus.

»Ibrahim, sag jetzt nichts und halte mich meinetwegen für eine komplette Närrin – aber ich *habe gerade für dieses Haus zugesagt!* ICH LIEBE ES!«

»Oh nein!«, entfuhr es Ali entgeistert.

Und unisono erklang es an ihrem Ohr: »Oh nein!« Roschans Stimme aus ihrem Handy klang nicht weniger entgeistert. »Paps!«, schrie er noch gellend hinterher. »Sag Nein! – Hörst du? Sag Nein!«

Darius, an Ibrahims Handy, stotterte nur: »Oha …«

2
Familienkonferenz am Küchentisch

»Haha, Familienkonferenz!«, knurrte Roschan und ließ sich auf seinen Stuhl fallen. Es war ein schöner, klarer, kühler, blauer Märznachmittag und die ersten Sonnenstrahlen wurden wieder wärmer. »Sie *nennen* es tatsächlich Familienkonferenz, dabei haben sie doch schon längst *alles* entschieden!«

Darius gab keine Antwort. Er tippte auf seinem Laptop herum und blätterte gleichzeitig in einem alten, dicken Mathewälzer, den er in der vergangenen Woche auf einem Flohmarkt aufgetrieben hatte …

Ali allerdings nickte erbost. »Aber echt! – Zuerst zwingen sie uns ungefragt, eine multikulturelle Großfamilie zu werden. Und *dann* sie zwingen uns auch noch, in eine absolute *Bruchbude* umzuziehen – anstatt in ein modernes Haus mit Pool im Keller!«

Ibrahim, der einen Stapel Papiere vor sich ausgebreitet hatte, überhörte das alles geflissentlich und räusperte sich. »Ihr Lieben, wie wunderbar, dass wir es heute Abend alle geschafft haben, hier pünktlich und vollzählig zusammenzukommen!«

Er strahlte in die Runde, beginnend bei Pau und endend bei seiner kuchenkauenden Mutter. Isabella, die dicht an ihn gekuschelt neben ihm saß, bekam einen Kuss.

Roschan stöhnte genervt auf. »Paps, keine peinlichen

Knutschereien in der Öffentlichkeit – das hast du mir hoch und heilig versprochen. Schon vergessen?«

Ibrahim warf seinem Sohn einen strengen Blick zu. »Öffentlichkeit …«, wiederholte er dozierend, »bedeutet meinetwegen die Innenstadt, eure Schule, Restaurants und Ähnliches. Aber nicht Isabellas Küchentisch!«

Darius, der bis eben nur mit halbem Ohr zugehört und in seinem dicken Mathewälzer geblättert hatte, hob langsam den Kopf. Sein Hirn schaltete vom Zahlenmodus in den Alltagsmodus um und sein noch leicht matheformelverschleierter Blick wanderte dabei zum Bord der Dies-und-das-Kommode. Dort stand für alle gut sichtbar die Schachtel mit Isabellas Schwangerschaftsvitaminen. Es war eine eindeutige Schwäche der schwangeren Freundin seines Vaters, dass sie es andauernd vergaß, ihre Folsäure-Schwangerschaftstabletten einzunehmen. Auch heute war die Schachtel noch zu und Darius wusste, hätte Isabella sich schon daraus bedient, stünde sie jetzt offen. So war Isabella. Immer leicht verpeilt! Erstaunlich, dass die Einwohner der Stadt sie dennoch vor gar nicht allzu langer Zeit zur Bürgermeisterin von Neustadt gewählt hatten!

Während das Hin und Her am Familientisch noch ein bisschen weiterging, stand Darius seufzend auf, angelte besagte Vitaminschachtel vom Bord, fischte die zwei Tagesrationstabletten heraus und reichte sie mit leicht vorwurfsvoller Miene an Isabella weiter.

»Oje, oje, die hatte ich mal wieder ganz vergessen …« Isabellas Stimme klang zerknirscht. »Sorry, Darius, liegt vermutlich daran, dass ich Tabletten eigentlich hasse und ihnen weitestgehend misstraue …«

Darius zog eine Augenbraue nach oben, füllte einen Schwall Rosenquarz-Energiewasser in Isabellas *Super-Mom*-Becher und stellte ihn polternd vor ihr auf den Tisch.

»Die Tabletten sind ja auch nicht wirklich für dich – sondern für das Baby«, erklärte er eine Spur gereizt. »Das habe ich doch schon zigmal erklärt: Ungeborene brauchen Folsäure zur Entwicklung und zur Schließung ihres Neuralrohres.«

Darius wollte sich zurück auf seinen Platz zwischen Pau und Roschan quetschen. Wie er feststellen musste, hatte Runtervomsofa die Gunst des Momentes genutzt, als er die Tabletten geholt hatte, um es sich dort bequem zu machen.

»Runter vom Stuhl, Runtervomsofa«, brummte Darius der Katze zu. Dann schaute er prüfend zu Isabella hinüber. Hatte sie die Pillen genommen? Es schien so. Na also. Darius seufzte ein zweites Mal. »Echt, Isabella, du musst die Dinger regelmäßig nehmen! Das Neuralrohr ist die erste Entwicklungsstufe des Nervensystems und *Folat* ist das einzige bekannte Vitamin, das *Spina bifida* verhindern kann! – Und Spina bifida ist echt eine üble Sache!«

Roschan grinste. »Neuralrohr? Folat? Spina WAS? Ey, Darius, du bist echt 'ne schräge Nummer! Du führst dich auf, als ginge es um sonst was! Im Grunde solltest DU diesen verflixten Säugling ausbrüten! Du würdest unter Garantie einen zweiten Einstein zustande bringen! Und wir würden RTL2 zur Geburt einladen, jede Menge Kohle kassieren und weltberühmt werden! Dazu einen eigenen Youtube-Kanal, Instagram, jede Menge Follower, eine Milliarde Abonnenten …«

»Roschan, jetzt hör mal für einen Moment mit dem Quatsch auf!«, rief Ibrahim entnervt. Seine Finger trommelten bedeutungsvoll auf dem Berg Immobilienunterlagen herum.

Oma Hedia hatte sich bereits die Grundrisse der alten *Bruchbude* herausgefischt und ihre Lesebrille aus den Tiefen ihres Kleides gezogen.

»Wo Osten? Wo östlichster Raum …?«, murmelte sie Baklava kauend und beugte sich tief über den knittrigen Papierbogen. Winzige Baklavabröckchen landeten zuckrig auf den aufgemalten Zimmern. Oma Hedia aß immerzu Baklava. Sie backte es fast jeden Tag.

Ali und Pau hatten sich längst an den Geruch von diesem süßen orientalischen Gebäck, der dauernd in der Wohnung hing, gewöhnt. Und Oma Hedia war eine wirklich gute Baklavabäckerin. Da gab es nichts zu meckern. Sie behauptete immer gerne, ihr Vorfahre sei *Muhammad bin Hasan al-Baghdadi* gewesen, in dessen persischem Kochbuch aus dem Jahr 1226 das allererste Baklava-Rezept gestanden habe! Damals hieß der süße Blätterteigkuchen allerdings *Lauzinaq,* aber darauf kam es ja wohl nicht an.

Und ihr persönlich seien die vielen Baklava-Variationen, die es mittlerweile gab, zu verdanken: es gab nämlich bekannterweise Baklava aus unterschiedlichen Teigsorten und mit unterschiedlichen Füllungen wie Walnüssen, Mandeln, Mohn und Pistazien und was auch immer.

»Nicht doch, Mutter«, jammerte Ibrahim allerdings jetzt

und wischte hastig mit dem Hemdsärmel über die baklavabekrümelten Zimmergrundrisse.

Darius und Pau kicherten.

»Da gibt es gar nichts zu lachen«, fauchte Ali. »Ich will jedenfalls NICHT in dieses blöde, verlotterte Haus ziehen! Mich hat keiner gefragt!«

»Das Haus ist alles andere als blöd und verlottert, Ali-Schatz«, sagte Isabella rasch. »Es ist fantastisch! Über hundert Jahre alt! Voller Geschichten! Voller Erinnerungen! Und dazu aus guten, alten, natürlich atmenden Baustoffen! Außerdem mit drei antiken Kaminen und einer gewundenen, knarrenden Holztreppe gesegnet! Im Winter werden wir am offenen Feuer sitzen – stellt euch das mal vor!«

Isabellas Stimme wurde immer schwärmerischer und glücklicher. Ali dagegen machte ein höchst skeptisches Gesicht.

»Und deine Bienen werden einen tollen Garten zum Herumsummen haben! Denk doch nur an Runtervomsofas wackelige Psyche, Alimäuschen! Es wird ihr fantastisch guttun, dort draußen in Ruhe herumzustreunen! Sehr katzig! Sehr naturverbunden! Völlig ungestört! Dort wird ihr unter Garantie niemand zum SCHERZ leere Blechdosen um den Bauch binden …«

Darius wusste inzwischen auch, dass genau das Runtervomsofa als kleinem Katzenkind einmal passiert war, und so hatte Ali sie eines Tages gefunden: in Todesangst am Straßenrand einer vielbefahrenen Straße, geduckt und zitternd und voller Panik unter einem parkenden Wagen. Ali war niemand anders als Runtervomsofas höchstpersönliche Lebensretterin.

Isabella beugte sich über den Tisch und streichelte mit dem Zeigefinger für einen Moment aufmunternd Alis sommersprossige Nasenspitze.

Darius fand, dass das nett aussah, und überlegte sekundenlang, ob er selbst unter Umständen ein anderer Mensch geworden wäre, wenn seine Mutter nicht gestorben wäre, als er noch ganz klein gewesen war. Und wenn sie stattdessen auch hin und wieder seine Nasenspitze gestreichelt hätte (natürlich nur, als er noch *klein* war!). Aber solche Gedanken brachten ja nichts. Seine Mutter war eben tot. Und das schon seit über zehn Jahren! Darius seufzte leise in sich hinein.

»Lass das, Mama«, fauchte Ali unterdessen. »Du versuchst nur, dich einzuschleimen!«

»Wo ist östlichstes Zimmer?«, fing Oma Hedia von Neuem an.

Darius warf nun, um sich abzulenken, ebenfalls einen Blick auf die ausgebreiteten Papiere. »Alles zusammen – cirka … 100 Quadratmeter?«, fasste er, was er dort sah, mit einem Blick zusammen und hob den Kopf. »Äh, nicht *sehr riesig* für acht Leute, oder?«

Ibrahim winkte ab. »Da werden wir noch dran … äh … feilen«, erklärte er unbestimmt. »Ausbauen, umbauen … Und einer von den acht Menschen ist ja noch sehr … nun ja … klein.«

Er deutete mit einem Augenzwinkern seiner schwarzen Käferaugen auf Isabellas Kugelbauch.

»Ah, okay.« Darius lächelte seinem Vater zu. In dem Moment piepste sein Handy einen Erinnerungspiepser.

Ibrahims glücklich lächelnder Blick verwandelte sich in

einen lächelnd fragenden Blick. »Was liegt an, Sohn zwei? Hast du noch Termine heute?«

Darius stand rasch auf, klemmte Laptop und Mathewälzer unter den Arm und zwängte sich erneut zwischen Roschan und Pau hindurch. »Nee, nur eine überregionale Mathemeisterschaft morgen. – Ich muss noch ein bisschen üben gehen, wenn's okay ist?«

Er war bereits an der Tür zur Dachmansarde, die er und Roschan derzeit bewohnten, seit ihr ausländerfeindlicher Vermieter Herr Müller-Mueller ihnen endgültig die alte Wohnung gekündigt hatte, als auch Alis Handy aufsummte.

Isabella verdrehte die Augen. »Was ist das nur für eine Welt? *Immer* diese idiotischen Mobiltelefone! Könnt ihr die nicht mal für eine Weile ausmachen? Früher, bevor dieser Handy-Terror anfing und uns den Alltag vergällte, konnte man sein Leben noch …«

»Nein!«, schrie Ali auf. Sie war aufgesprungen und starrte ungläubig auf ihr Handy.

»Was, Herrgott noch mal?« Isabella kniff die Augen zusammen. »Ein echtes Problem? Oder nur wieder so ein Pipifax-Drama wie neulich, als Isis verrückter Youtube-Kanal für ein paar Minuten versehentlich offline gegangen war, oder wie man das nennt?«

Isi war eine der beiden besten Freundinnen von Ali und ein wahrer PC-Crack.

Darius war stehen geblieben. Was hatte Ali denn schon wieder? Er betrachtete Paus Zwillingsschwester neugierig und *fror dabei ein,* wie Ibrahim es nannte, wenn Darius –

abgelenkt von irgendwas – mitten in einer Bewegung innehielt und dann alles um sich herum vergaß und einfach blieb, wo er war.

Ali winkte ab und tippte wie verrückt auf ihr Handy ein. »… das darf doch wohl nicht wahr sein! Das darf doch wohl ECHT NICHT WAHR SEIN! Das muss ein GERADEZU LÄCHERLICHER IRRTUM SEIN …«, murmelte sie dabei stakkatoartig vor sich hin.

»Alice Schmidthuber!«, rief Isabella ärgerlich, aber Ali wedelte nur wieder mit der Hand, als wäre Isabella nichts weiter als ein Schwarm lästiger Stechmücken, den es zu vertreiben galt. »Psssst!«, machte sie dazu ungehalten. Sie lauschte in ihr Handy hinein. »Warum geht sie denn nicht dran? Warum geht sie denn *jetzt* nicht dran? Sie ist doch online! DAS SEHE ICH DOCH!«

»Gehe beten!«, trompetete Oma Hedia und erhob sich ächzend. »Allah ist groß – bis später …«

Sie trottete schwerfällig an dem steif gefrorenen Darius vorbei und verließ das Zimmer.

In dem Moment klappte es endlich mit Alis Telefongespräch.

»Isi?«, schrie Ali erleichtert und ließ sich wie erschlagen auf das alte rote Samtsofa sinken. Dort saß sie im Schneidersitz und bekam ihr Sommersprossengesicht, das sie immer bekam, wenn sie sich sehr aufregte. Das Sommersprossengesicht entstand zwangsläufig immer dann, wenn Ali blass wurde. In diesen Momenten traten ihre Sommersprossen viel deutlicher als sonst hervor und veränderten ihr Aussehen enorm, fand Darius.

»… nee, oder?«, regte sie sich jetzt gerade auf und fuhr

sich durch die immer noch ungewohnt kurzen Strubbelhaare.

Darius dachte an die verrückte Blitzaktion zurück, in der Ali sich die Haare selbst abgeschnitten hatte, um nicht länger wie ein Abziehbild von Pau auszusehen, sondern ein Individuum zu werden.

»… HALLO? Das ist ein *Irrtum!* Das *MUSS* ein *Irrtum* sein! So ein Superquatsch! Wer kam denn auf diese bekloppte Idee? Und das steht jetzt auch noch *online* auf der Schülerseite der Schule?« Sie lauschte einen Moment. Der Rest der Familie lauschte inzwischen ebenfalls gebannt dem Telefongespräch. »Hä? Ich dachte, es wäre ein Voting über die LEHRER unserer Schule wie in *Fack ju Göte 1?* – Oh, Kacke, so ein Mist …«

Ali fuhr sich erneut durch die Haare, die allmählich aussahen wie ein altes verlassenes Vogelnest im Stadtpark.

»Was soll das heißen: *Ich soll mal chillen?«*, ätzte sie bereits im nächsten Moment. »Weißt du, was das für … *mein* Leben bedeutet?«

»Ob sie heimlich Zuckerzeug zu sich nimmt?«, murmelte Isabella nachdenklich an Ibrahim gewandt. »Sie ist doch völlig überzuckert! So war sie schon als Kleinkind, wenn meine Mutter ihr heimlich billige Süßigkeiten zusteckte! – Pau, futtert Ali heimlich billigen Industriezucker oder so?«

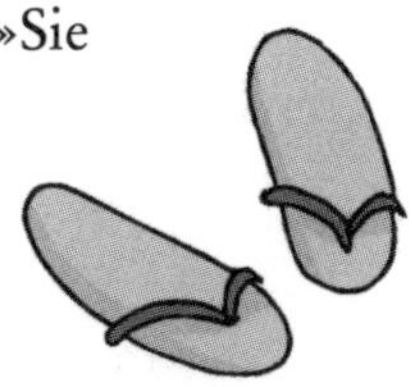

Schmidthubers kauften insgesamt wenig Süßes – aber wenn, dann nur aus dem Biosupermarkt.

Pau hob die Schultern. »K-keine Ahnung …«

Sie nahm Runtervomsofa, die ihr maunzend um die Beine strich, auf den Arm.

Darius hatte sich längst wieder von der Tür gelöst und über seinen Laptop am Tisch gebeugt. Es hatte keinen Sinn, seine Chaosfamilie in diesem Zustand allein zu lassen, er würde sich in seinem Zimmer nicht konzentrieren können. Und so bekam er wenigstens mit, was das aktuelle Problem war. Er starrte auf ein Gewirr aus Zahlen … »Könntet ihr vielleicht etwas leiser diskutieren?«, bat er matt. »Ich würde gerne noch ein paar *partielle Differenzialgleichungen* lösen …«

Aber auf einmal schien ihm doch noch etwas Familienbetreffendes in den Sinn zu kommen und er hob den Kopf und suchte Isabellas Blick.

»Du hast morgen früh übrigens einen Vorsorgetermin bei deiner … nun ja – Frauenärztin, vergiss das nicht!«

Er deutete auf das kleine gelbe Post-it, das am Kühlschrank prangte und auf dem die Tage notiert waren, an denen Isabella ihre Schwangerschaftsvorsorgetermine im Gesundheitszentrum hatte.

»Stimmt!«, rief Ibrahim an Isabellas Stelle dankbar. »Hey, Darius, wenn wir dich nicht hätten! Danke, mein Ich-denke-an-alles-Sohn.«

Isabella warf ihm dankbar eine Kusshand zu und Darius senkte schnell wieder den Kopf.

»O Mann, was für ein Irrenhaus hier«, murmelte Roschan kopfschüttelnd und peinlich berührt vor sich hin. Musste Darius unbedingt über so was wie *Frauenärztinnen* quatschen? Das war echt nicht sehr männlich von ihm! Roschan schnappte sich den obersten Bogen der Immobilienunterlagen und wedelte damit.

»Und diese *Bruchbude* hier …«, er wedelte erneut, »… die ist jetzt echt gekauft, oder was?«

Ibrahim seufzte. »Nenn es *gekauft,* Sohn eins. In Wahrheit gehört das Haus jetzt erstmal der Bank, die so nett war, uns einen Kredit zu geben. Und wir stottern das Ganze dann nach und nach ab. – Wenn er oder sie …«, er tippte auf Isabellas Bauch, »… so Mitte zwanzig ist, könnte es geschafft sein. DANN gehört die *Bruchbude* wirklich uns …«

Roschan nickte mit gerunzelter Stirn. »Dann ist die sogenannte Familienkonferenz also fertig und ich könnte … Netflix gucken? Oder Playstation spielen? Oder was anderes Abgefahrenes tun?«

»So haben wir nicht gewettet, Sohn eins«, sagte Ibrahim gerade, als Ali ihr Telefongespräch beendete. Sommersprossengesichtig saß sie da und starrte vor sich hin.

»… und? Welt untergegangen?«, fragte Isabella Anteil nehmend.

»Wenn's das bloß wäre«, gab Ali matt zurück. »Aber es ist noch viel SCHLIMMER!«

Sie sprang auf und glättete sich mit einer Hand das Vogelnestgestrüpp auf ihrem Kopf.

»Nützt nichts, du siehst völlig derangiert aus«, informierte sie Roschan grinsend, gerade als Ali sagte: »Roschan wurde vor drei Stunden online im Schülerchat zum *Sexiest Boy Alive* der Schule ernannt! Was für ein lächerlicher Quatsch – also echt!«

»WAS?« Roschan fuhr auf. »Ich wurde – zu was … *Hä …?*«

Ali zuckte mit den Schultern. »Oh Mann, lies es auf der Homepage der Schule nach, wenn es dich so begeistert! Es ist schon online, sagt Isi! Ach, und ehe ich es vergesse: Das *Sexiest Girl Alive* ist dieses neue, syrische Mädchen, das in die Parallelklasse geht. Sie heißt – äh – Sowieso Sowieso …«

Ali schnappte sich Runtervomsofa von Paus Arm und fing an, ihr ein veganes Katzenabendessen zu machen.

»SEXIEST BOY ALIVE! Sachen gibt's, echt …«, murmelte sie beim Futter-ins-Katzenschälchen-Schütten und ihre Stimme klang sehr sarkastisch bei diesen Worten.

Das Grinsen hing irgendwie noch wie festgetackert in seinem Gesicht, aber Roschan war unterdessen verblüfft auf die oberste Lehnenkante seines Stuhls gesackt und schaffte es sogar, dieser wackeligen Sitzposition insofern noch ein Quäntchen mehr Einsturzgefahr zu verpassen, indem er sich gedankenverloren mit den Füßen vom Tisch abstieß und der Stuhl so nur auf den beiden hinteren Stuhlbeinen schwankte.

ER WAR ZUM SEXIEST BOY ALIVE gekürt worden? Roschan versuchte, auf dem Stuhl hin- und herschaukelnd, eine Art prüfenden … Röntgenblick auf Ali zu werfen, ohne dass sie es mitbekam. War sie wegen diesem Quatsch echt so sauer, wie sie tat?

Er runzelte die Stirn. Mit Ali war es so eine Sache. Obwohl er sich dagegen sperrte, mochte er sie insgeheim leider viel zu gerne. Streng genommen war sie für ihn das coolste Mädchen weit und breit. Aber das passte ihm nicht wirklich in den Kram. Ali kommandierte herum, nannte Jungs Machos, wollte immer recht haben, fuhr leider viel besser Skateboard als er und bestimmte außerdem *immer*, was im

Hause Schmidthuber/Al Bazi im Fernsehen geguckt wurde. Dazu hatte sie diese wilden, strubbeligen Haare und sie mochte Katzen, veganes Essen und trug in der letzten Zeit gerne alte Klamotten vom Dachboden auf, weil sie so der »Modeindustrie trotzen konnte, die den Leuten doch nur das Geld aus der Tasche ziehen will …«. So jedenfalls hatte sie es erklärt, als sie angefangen hatte, dort oben in alten Kisten und Kästen zu stöbern, um nach wiederverwertbaren Anziehsachen zu stöbern, die sie dann in die Waschmaschine stopfte, heiß wusch, ausbesserte und irgendwie modisch aufpeppte.

Roschan seufzte. Vor ein paar Monaten war er sich noch sicher gewesen, dass Ali ihn ebenfalls … irgendwie … nun ja – mochte. Aber in der letzten Zeit? Nein, er war sich absolut nicht im Klaren.

Wie um seine Zweifel zu bestätigen, murmelte Ali in diesem Moment erneut: *»Sexiest Boy? ROSCHAN???* So ein Quatsch! Wer ist denn auf diese idiotische Idee gekommen? Also echt …«

Ärgerlich stand sie an der Spüle und rührte ununterbrochen verbissen im längst gut verrührten Katzenfutternapf herum.

3
Sexiest Boy Alive

»Ha!«, sagte Isabella triumphierend und klebte den Briefumschlag zu, um im nächsten Moment Pau damit vor der Nase herumzufuchteln. Pau blickte von ihrem Religions-Referat hoch.

»Was ist das?«, fragte sie höflich. Sie saß am Küchentisch und blätterte in ein paar aufgeschlagen daliegenden Büchern. Von draußen schien die Frühlingssonne herein, aber dafür war jetzt keine Zeit. Das Referat musste heute noch fertig werden.

»Unsere Kündigung«, erklärte Isabella heiter. »Spätestens in drei Monaten ziehen wir um.« Sie zählte es zufrieden an ihren Fingern ab: »April – Mai – Juni ...!«, und lehnte das adressierte und frankierte Kuvert liebevoll an die Schachtel mit den Schwangerschaftsvitaminen auf der Dies-und-das-Kommode.

»Spätestens?« Pau warf ihrer Mutter einen fragenden Blick zu.

Isabella nickte, während sie sich ein Glas kosmisches Edelsteinwasser eingoss. Seit sie schwanger war, bevorzugte sie zwei Steine: *Rosenquarz* und *Sonnenstein.* Sehr gut für werdende Mütter und Babys in Bäuchen, wenn man Charlie, der Edelsteinexpertin, die eine Freundin von Isabella war, Glauben schenken durfte. Und Isabella glaubte eben fest daran.

»Wenn wir vorher einen Nachmieter finden, können wir aber auch schon früher in die Rosmerthastraße!«

Isabellas Augen leuchteten auf bei diesen Worten.

In der Rosmerthastraße stand das neue, alte Haus, von Ali immer noch hartnäckig *die Bruchbude* genannt.

»Besser wäre violettes Haus dicht bei Emir-Sultan-Moschee gewesen«, knurrte Oma Hedia, die gerade in ihren immer bereitliegenden schwarzen Tschador schlüpfte, um eine Handvoll bröselige Pistazienschalen in den Biomüll im Hof zu bringen. Pau sah ihr hinterher. So verrückt Oma Hedia auch war, irgendwie bewunderte Pau sie für ihre religiöse Überzeugung. Alles, was sie tat, folgte einem festen, ordentlichen Plan, stand irgendwo im Koran und war dazu da, Allah zu erfreuen!

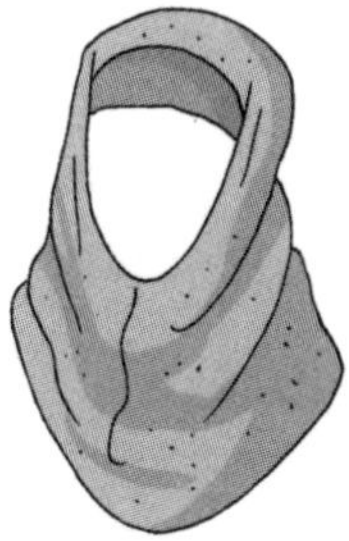

In dem Moment sangen Isabellas Wale. Denn obwohl sie von den Mobiltelefonen der vier Zwillinge im Haus schwer genervt war, was sie nie vergaß zu betonen, hatte sie natürlich selbst auch eines. Nur dass sie sich als Klingelton Walgesänge eingestellt hatte, weil Walgesänge angeblich eine beruhigende Wirkung auf menschliche, nervöse Ohren ausüben.

»Das wird Ibrahim sein – wir wollen zusammen zur ersten Schwangerschaftsgymnastik, zu der uns Darius netterweise angemeldet hat …«, rief sie frohlockend, aber nach einem Blick auf das kleine Display verdüsterte sich ihre Miene. »Uh, nix Ibrahim, sondern Frau Eisenbeiß«, murmelte sie und sah plötzlich nach Zahnschmerzen aus. Pau kannte dieses Gesicht. Frau Eisenbeiß war die neue Frauenbeauftragte der Stadt. Früher war das mal Isabellas Job gewesen, aber seitdem sie Bürgermeisterin geworden war, war eben Frau Eisenbeiß nachgerückt. Und Frau Eisenbeiß' Steckenpferd war die gesprochene Weiblichkeit: Bürger*innen,* Einwohner*innen,* Schüler*innen,* Wähler*innen,* Mitarbeite*rinnen,* Ärzt*innen,* Polizist*innen,* Bürgerrechtsreferent*innen* ... Sie war da scharf wie eine ... *Lüchsin* und passte auf wie eine Schieß*hündin,* dass niemand sich in frauenfeindlicher Weise verplapperte und eine weibliche Endung vergaß, wo eine weibliche Endung hingehörte. Seit kurzer Zeit gab Frau Eisenbeiß nun auch noch einen Deutschkurs für ausländische Frauen.

»Es ist kaum auszuhalten mit ihr«, klagte Isabella oft. »Alles, aber auch wirklich alles, *muss* in der weiblichen Form ausgesprochen werden, sonst trifft Frau Eisenbeiß der Schlag!«

Mit verdrehten Augen nahm sie das Gespräch an und ging aus dem Zimmer, gerade in dem Moment, als Roschan den Kopf zur Wohnungstür hereinstreckte.

»Huhu, ich bin's!«, brüllte er keuchend (er nahm die hundert Stufen durchs Treppenhaus aus sportlichen Gründen immer im schnellstmöglichen Tempo) und ließ die Tür hinter sich ins Schloss krachen.

Pau versuchte verbissen, sich auf den Text in ihrem Relibuch zu konzentrieren.

Darius war heute den ganzen Tag in Sachen deutschlandweite Schnellrechnen-Meisterschaft unterwegs und Ali war mit Lea (ihrer zweitbesten Freundin) in der Stadt Wasauch-immer-tun. Irgendwie kam das in letzter Zeit häufiger vor, dass die Schwestern nicht mehr ganz so viel zusammenhingen.

Pau seufzte, als ihr das in den Sinn kam, und sie warf einen Blick auf ein Bild an der Pinnwand, das Isabella neulich ganz zufällig im Internet gefunden hatte.

Sie hatte die Aufnahme spaßeshalber für Ali und Pau ausgedruckt und mit nach Hause gebracht, als sie am Abend aus dem Rathaus zurückgekommen war. *Internationales Zwillingstreffen in New York* war der Titel der Fotografie, auf der mehrere hundert eineiige Zwillinge aus der ganzen Welt zu sehen waren, die fröhlich in die Kamera winkten. Kleinkinder waren darauf, Teenager (wie sie und Ali), Geschäftsleute in schicken Anzügen und sogar uralte, schon völlig verhutzelte »Doppelmenschen«. Alle schienen wahnsinnig vergnügt und in dem Artikel, der zu der Aufnahme gehörte, wurde begeistert aufgezählt, wie unsagbar verbunden eineiige Zwillinge doch seien. »Wie Pech und Schwefel«, stand da. Und: »Eigentlich sind wir EIN Mensch, nur eben verteilt auf zwei Körper!« und: »Keine Sekunde will ich ohne meine geliebte Zwillingsschwester sein! Ihre Gedanken sind meine Gedanken und meine Gedanken sind ihre Gedanken …«.

»So ein Quatsch!«, hatte Ali gerufen, nachdem sie den Bericht überflogen hatte, und Pau ihren (äußerst spitzen) Ellenbogen in die Seite gerammt. »Wir sind nicht die Bohne gleich, oder …?«

Pau hatte nicht Ja und nicht Nein dazu gesagt. Sie hatte vorsichtshalber gar nichts gesagt – einfach, weil sie sich … nicht sicher war. Früher war es einfach schön und vertraut gewesen, *doppelt da zu sein,* aber nach und nach hatten Ali und sie doch eine Menge Unterschiede aneinander entdeckt: Sie hatten nicht das gleiche Lieblingsessen, sie lasen nicht die gleichen Bücher, sie mochten verschiedene Fernsehsendungen und so weiter und so weiter – und dann war da eben auch noch die Sache mit Darius und Roschan. Ali favorisierte (wenn man es so nennen wollte) Roschan, während sie selbst Darius viel lieber mochte.

»Ali nicht da?«, fragte Roschan sofort, als er die Küche betrat.

»Nee«, murmelte Pau und schrieb ganz schnell ein paar Stichworte auf. Ihr Referatsthema war der Vergleich der verschiedenen Weltreligionen. Zwischen zwei Sätzen hob sie dann doch den Kopf und schnupperte. Ein merkwürdiger Duft wehte mit einem Mal durch die Küche. Warum musste sie plötzlich an ihren – leiblichen Vater denken? Isabella hatte sich vor einer ganzen Weile schon von Lars Schmidthuber scheiden lassen. Er war Computerfachmann und Isabella und er waren trotz der gemeinsamen Zwillinge, einfach zu verschieden für ein gemeinsames Leben gewesen. Lars trug immer piekfeine Anzüge (albern, fand Isabella) und liebte schnelle Autos (äußerst schlecht für die Umwelt und daher sehr unpassend für eine grüne Bürgermeisterin, fand Isabella) und hatte zudem dauernd wechselnde Freundinnen, die Isabella allesamt *Tussis* nannte, weil sie immer sehr jung, sehr aufgebrezelt und sehr dämlich waren (unzumutbar, fand Isabella – und da musste ihr auch Pau zustimmen).

Wie war sie denn jetzt auf ihren Vater gekommen? In diesem Moment fiel bei Pau der Groschen!

»He, hast du dich etwa mit HUGO BOSS eingesprüht?«, rief sie und hob den Kopf. »Du riechst ja exakt wie mein Vat…«

Weiter kam sie nicht.

Völlig perplex starrte sie Roschan an.

»Verdammt, wie siehst du denn aus?«, stotterte sie schließlich ergriffen.

Roschan grinste breit. Seine Daumen hatte er lässig in die Gürtelschlaufen seiner Jeans eingehakt. »Die Friseurin nennt es, äh, Surfer-Look oder so ähnlich … Hey, die Tante da stand voll auf meine Locken! Wusste gar nicht, dass ich so trendy bin! Zum Schluss haben sie mich sogar fotografiert – für ihre Homepage – und ihr Schaufenster … und ich musste nur den halben Preis zahlen.«

Roschan grinste noch breiter, während er seine Daumen enthakte, um sich mit den Fingern durch die neu gestylten Locken zu fahren.

Ein paar Strähnen, vorne über der Stirn, waren gekonnt länger als der Rest seiner dunkeldunkeldunkelbraunen Locken und fielen ihm leicht und locker über die Augen. Roschan schürzte die Lippen und pustete sie ein paarmal in die Luft.

»Okay, gewöhnungsbedürftig«, sagte er achselzuckend. »War auch eigentlich mehr Minas Idee …«

Ach ja, Mina! So hieß dieses neue Mädchen aus der Parallelklasse. Sie stammte aus Syrien wie Yussuf, der Gute. Und Mina war von den Schülern, die aufs *Otto* (eigentlich Otto-Stückrath-Gymnasium, aber seit jeher nur »Otto« genannt) gingen, zum *Sexiest Girl Alive* ernannt worden.

Mina Jenyat kam aus Aleppo und hatte dort echt Schlimmes mitgemacht. Ihr Vater war seit einem Jahr verschollen, aber ihre Mutter und sie hatten es bis nach Deutschland geschafft. Die Mutter war Ärztin, wenn Pau das richtig mitbekommen hatte.

Alle Mädchen in der Schule fanden, dass Mina *hammergut* aussah. Und sie trug auch kein Kopftuch oder so und ging zusammen mit Roschan und Isi in die Computer-AG.

In dem Moment kam Isabella zurück in die Küche. Im Laufen steckte sie ihr Walgesanghandy zurück in die Strahlenschutzhandytasche.

»Oh – hier riecht es nach meinem Ex?«, sagte sie witternd. »Bist du das etwa, Roschan, Wahnsinniger?« Sie schnupperte an ihrem Stiefsohn herum wie ein Hund an einem Baum. »Oha! Tatsächlich … Mein lieber, lieber Junge, gewöhne dir *bitte* nicht ausgerechnet *Hugo Boss* an! Erstens bist du erst zwölfdreiviertel und zweitens kann ich den Duft nicht leiden! Er weckt schlechte Lars-Schmidthuber-Erinnerungen in mir!«

Isabella lachte allerdings fröhlich zu diesen Worten und wuschelte Roschan durch die Locken, ohne den neuen Style zu bemerken. »Ich muss übrigens gleich noch mal weg. Frau Eisenbeiß hat anscheinend irgendwelche … wie auch immer gearteten Probleme in ihrem neuen Deutschkurs für Frauen«, sagte sie abwesend, gerade als Oma Hedia aus dem Hof hochkam und ihren Tschador aufknöpfte. »Im Internet häufen sich massenhaft Beschwerden über sie.«

Isabella holte sich eine Mohrrübe aus dem Kühlschrank und biss krachend hinein. »Ich schau gleich mal bei ihr vorbei. Die Irre war in Tränen aufgelöst und kaum zu verstehen … Keine Ahnung, was da los ist …«

Sie winkte in die Runde und flitzte davon.

»Hektisch, immer hektisch …«, murmelte Oma Hedia

missbilligend. »Wie soll Baby sich da gut entwickeln? Ist ein Jammer … Keine Ruhe, nicht mütterlich, nicht sanft, nicht leise … GEHE BETEN. Bete zu Allah, *Er* soll Baby gut beschützen!«

Damit schlurfte sie mit vorwurfsvoller Miene davon.

Pau schaute ihr mit zusammengekniffenen Augen hinterher.

»Ich weiß, sie ist ein … äh, etwas eigenartiger Vogel«, meldete sich Roschan, dem Paus Blick nicht entgangen war, entschuldigend. »Aber eigentlich ist sie grundgut. Echt. Sie verbirgt es nur hinter diesem Glaubensklimbim – so wie Isabella mit ihren komischen Edelsteinen! Anscheinend *wollen* die meisten Leute einfach an irgendetwas glauben! So als … Sinn des Lebens oder so …«

Er plumpste auf einen Küchenstuhl, als es an der Wohnungstür, die eben erst hinter Isabella ins Schloss gefallen war, schon wieder schrillte.

Roschan sprang hoch. »Das werden Isi und Mina sein!« Er schlitterte auf seinen Tennissocken durch den langen Holzdielenflur. »Wir hatten da gestern so eine, nun ja, *Idee* in der Computer-AG.«

Mit diesen Worten drückte er den Türöffner und im nächsten Moment hörte Pau Mädchenstimmen im Treppenhaus.

HÄ? Was wollten denn Isi und diese Mina von einem wie Roschan?

Und – was noch viel erstaunlicher war: WAS wollte Roschan von Isi und Mina?

Hatte nicht gerade *er* bisher Darius damit aufgezogen, dass er ein *verdammter Frauenversteher* sei, weil er sich lieber mit Mädchen als mit Jungs abgab?

»Hi, kommt rein«, sagte er in diesem Moment allerdings ungewohnt galant und pustete sich schon wieder den lockigen Pony aus der Stirn. *Wie bekloppt war das denn, also wirklich?*

Isi hatte ihr neues MacBook dabei. »Hi, Pau – alles klar?«, rief sie beim Reinkommen und schlüpfte aus ihrer Jeansjacke.

»Äh, hallo …«, sagte auch Mina. Sie hatte lange schwarze Locken und erstaunlicherweise kornblumenblaue Augen dazu. Sehr große, strahlende kornblumenblaue Augen.

Viel blauere Augen als sie selbst oder Ali, stellte Pau fest.

Wieso hatte ein Mädchen aus Syrien solche Augen? Nicht, dass blaue Augen grundsätzlich besser waren als zum Beispiel braune Augen! Das auf keinen Fall! Aber es war eben die Kombination aus schwarzen Haaren zu leuchtend blauen Augen, die so cool und abgefahren war!

»… los, gehen wir hoch in mein Zimmer«, sagte Roschan gerade. Er hatte sich eine Flasche Biolimonade unter den linken Arm geklemmt und trug außerdem drei von Isabellas feinen Schnörkelgläsern. Sie klirrten leise aneinander.

»Was habt ihr eigentlich vor?«, erkundigte sich Pau. Musste eigentlich niemand außer ihr etwas für die Schule tun in diesem Haus?

Roschan grinste. »Sorry, ist noch topsecret!«

»Quatsch, ist es nicht!« Isi wedelte mit ihrem silbernen MacBook. »Wir starten einfach nur einen lustigen Youtube-Kanal. Mit allen Schikanen!«

»Aha, okay«, sagte Pau mit einem Schulterzucken. Das klang nicht speziell spannend. Youtube-Kanäle gab es ja wohl wie Sand am Meer.

»Willst du vielleicht mit hochkommen?«, erkundigte sich ihre Freundin entgegenkommend.

Pau schüttelte den Kopf. Sie deutete auf die aufgeschlagenen Hefte und Bücher auf dem Küchentisch und seufzte. »Das muss bis morgen fertig sein: Religionsvergleiche, puh …«

Mina verzog das Gesicht. »Meine Mutter sagt immer: Religionen alle nicht gut«, sagte sie und seufzte noch tiefer als Pau zuvor. »Religionen machen Streit. Machen Kriege. Machen … unglücklich …«

Für einen Augenblick sah sie sehr traurig aus. »Mein Vater zum Beispiel – er ist …«, fuhr sie gerade leise fort, als Oma Hedia aus Isabellas altem Schlafzimmer gestampft kam (sie residierte dort zurzeit, während Isabella und Ibrahim sich zum Wohnen und Schlafen das Wohnzimmer teilten).

Anscheinend war sie fertig mit Beten.

»Salam«, knurrte sie Mina und Isi entgegen und zupfte an ihrem glitzerigen Kopftuch herum, wie sie es immer tat, wenn Besucher da waren.

»Hi, Frau Al Bazi«, antwortete Isi (die beiden spielten ab und zu Backgammon zusammen und waren längst gute Freundinnen).

»Säläm ailykum«, murmelte Mina. Sie sah Oma Hedia heute zum ersten Mal.

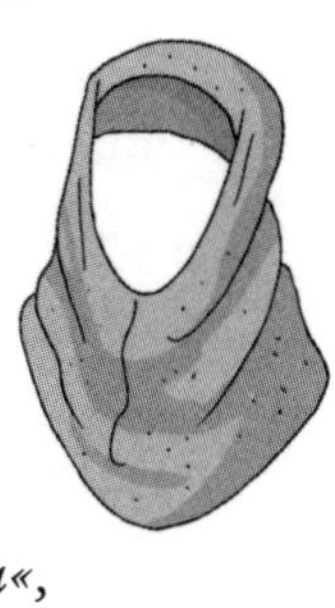

»Oh, muslimisches Mädchen?« Oma Hedias Augen weiteten sich. Beglückt? Entsetzt?

»Hm«, machte Mina. Ihre Stirn war gerunzelt. Pau dachte an das, was Mina gerade über Religionen gesagt hatte.

»Oma! Absolut *keine* Zeit jetzt für *Religionsblabla*«,

rief Roschan hastig. Er kannte seine Großmutter einfach zu gut und nach einem Blick zu Pau war beiden klar, dass Oma Hedia mit einem Blick zusammenfasste, was sie da sah: ein muslimisches Mädchen mit OFFENEN, LANGEN HAAREN, einer ausgefransten Hotpants über einer hellen Leggins, türkis lackierten Fingernägeln – und einem absolut nicht ausreichend verhüllten Oberkörper.

»Aiaiai …«, jammerte sie da auch umgehend los. »Muslimisches Mädchen! Kein Kopftuch? Fast NACKT?«

Okay, ihr Blick war eindeutig entsetzt.

»Oma, bitte!« Roschan wäre am liebsten im Erdboden versunken, das konnte Pau ihm ansehen. »Kommt, wir verschwinden besser!«, zischte er Isi und Mina zu. Er warf Pau einen Blick zu. »Halte sie in Schach, okay? Hast was gut bei mir! – Los, los …«

Er schob die beiden Mädchen förmlich zur Tür hinaus, was alles andere als einfach war, weil er ja immer noch die Limoflasche und die drei klirrenden Schnörkelgläser in den Händen hatte.

»Mädchen? Komm in Emir-Sultan-Moschee! Ich gebe ab morgen Kurs für gläubige Mädchen dort! Das wird dir guttun! Hörst du, liebes Mädchen … VERGISS NICHT: ALLAH IST GROSS! ALLAH IST MÄCHTIG!«

»Äh, Oma Hedia?« Pau tippte ihrer Stiefgroßmutter behutsam auf die rundliche Schulter.

»Was?« Oma Hedia fuhr herum und schwankte bedenklich. Das war eben immer der Ärger mit ihr: Wenn sie in Rage geriet, fiel sie gerne mal mit allen Schikanen in Ohnmacht.

»Die … die drei sind bereits nach oben gegangen. Du kannst aufhören, zu schreien!«

»Kind, mir ist ganz elend zumute. Ich glaube, ich …«

Wieder schwankte sie wie ein Ozeanriese auf stürmischer See.

Pau biss die Zähne zusammen. »Bitte nicht jetzt, Oma Hedia!«, murmelte sie. Ihr Herz sank. Noch nie war sie völlig allein mit Oma Hedia gewesen, wenn diese einen ihrer Trotz-Ohnmachtsanfälle bekam, wie Ibrahim diese Zustände nannte.

»Roooooschan!«, brüllte Pau darum erbost Richtung Mansarde.

»Neeeeeiiiin!«, brüllte der von oben allerdings prompt zurück.

TROTTEL!

»Sie ist *deine* Oma!«, schrie Pau ärgerlich. »*Meine* ist cool und locker und fällt NIE in Ohnmacht! – Komm gefälligst run…«

»*Cool?*« Oma Hedia kniff bei diesen Worten die Augen zusammen. »Deine Großmutter?« Sie schnaubte und hörte kurzerhand auf zu schwanken.

Pau atmete auf. (Oma Hedias Arzt hatte gesagt, dass diese Ohnmachten vermutlich allesamt nur Tricks seien, wenn die alte Frau mal wieder ihren Willen durchboxen wollte – andererseits war sie schon ziemlich alt und dazu ziemlich dick und bluthochdruckig! Es *konnte* also auch mal sein, dass eine Ohnmacht echt war … Und Pau wollte nicht die einzige Zeugin eines ECHTEN Ohnmachtsanfalls sein! Wer konnte wissen, wie der ausgehen würde …? Pau dachte mit einem flauen Gefühl im Bauch an HERZINFARKTE und SCHLAGANFÄLLE und dergleichen …)

»Deine Großmutter *nicht* cool, wie du nennst!«, belehrte sie Oma Hedia in diesem Moment würdevoll und donnerte dabei krachend einen ersten Kochtopf auf den Herd, um das Abendessen vorzubereiten. »Sie vernachlässigt nur PFLICHTEN! Es ist Aufgabe einer *Großmutter,* sich um *Enkel* zu kümmern! Kochen – wie ich! Einkaufen – wie ich! Putzen – wie ich! Aufräumen – wie ich! Nicht fortgehen, weil keine Lust dazu! Nicht herumbummeln, nicht auf verrücktes Hausboot leben, nicht Lagerfeuer am Strand machen!«

Oma Hedia schnalzte missbilligend mit der Zunge, während sie eine große Ladung Reis in den Reiskocher schüttete.

Pau seufzte und beendete halbherzig und sehr schnell ihr Referat. Irgendwie hatte Oma Hedia recht mit dem, was sie da sagte! Bis letztes Jahr hatte Oma Olga nämlich in Neustadt gewohnt, nur zwei Straßen entfernt, und war so gut wie jeden Tag zu Besuch gekommen. Sie hatte für Ali und Pau Pfannkuchen gebacken und Spaghetti gekocht, sie hatte ihnen Halswickel und Fußbäder gemacht, wenn sie erkältet waren, sie hatte Runtervomsofas Katzenklo und Fressnäpfe regelmäßig auf Hochglanz poliert und sie hatte abends *Cluedo, Keltis* und *Activity* mit ihnen gespielt! Aber dann war sie leider von einem Tag auf den anderen auf eine bizarre Idee gekommen.

»Immerhin bin ich noch nicht tatterige hundert, sondern erst knackige vierundsechzig«, hatte sie eines Tages unheilvoll verkündet und war kurz darauf Knall auf Fall zusammen mit ihren beiden besten Freundinnen nach Mallorca übergesiedelt, wo sie eine kleine Yogaschule am Meer eröffnet hatten.

Pau kaute nachdenklich an ihrem Bleistift (dem mit dem

maunzenden Katzenkopf am hinteren Ende) herum. Immer, wenn man ein Stück Katzenkopf zwischen die Zähne bekam, miaute es gellend auf. Runtervomsofa lag mit begeistert angelegten Ohren auf der Spülmaschine und ließ Pau und den unheimlichen Katzen-Stift nicht aus den Augen.

Verrückt, wie alles gekommen war. Früher waren sie mal eine … *ganz normale Familie* gewesen. Isabella, Lars, Ali, sie selbst – und Oma Olga. Aber dann hatte sich Lars aus dem Staub gemacht. Und letztes Jahr im Sommer auch noch ihre Oma. Und dann waren Knall auf Fall Ibrahim, Darius und Roschan aufgetaucht. Und mit ihnen Oma Hedia. Klar, die waren alle so weit nett und so weiter, aber es war eben doch alles ziemlich chaotisch seitdem.

Pau hatte in der letzten Zeit manchmal das Gefühl, so was wie … hm … unsichtbar zu sein. Auch wenn das vielleicht verrückt klang. Aber Ali machte mit ihren Bienen, Rosen und ihrem »Ich-bin-ein-Individuum« einen ziemlichen Wirbel. Darius war zwar still und bescheiden und so, aber er war immerhin ein allseits anerkanntes Mathe-Genie. Sogar Zeitungen schrieben Artikel über ihn. Roschan? Hielt sich zumindest selbst für den Größten. Und Isabella war die Bürgermeisterin der Stadt. Oma Hedia? War zusammen mit Allah ein … äh … ziemlich gutes Team – wenn man so wollte!

Blieben Ibrahim und sie. Aber Ibrahim – den sie sich gar nicht mehr aus ihrem Leben wegdenken konnte – war mit Isabella, der Vorfreude auf das neue Baby, seinem Radhaus und seiner Musik superglücklich … Blieb also nur sie selbst.

Pau schaute gedankenverloren vor sich hin. Was – war – *sie* …? Es stimmte: Irgendwie war sie *unsichtbar!* Zerstreut warf sie den angeknabberten Katzenbleistift auf den Küchentisch Richtung Wühlmäppchen. Runtervomsofa sprang begeistert auf. Auf so etwas hatte sie gewartet! In wahrer Raubkatzenmanier stürzte sie sich auf den schwarzen Stift und galoppierte triumphierend mit ihm davon. Pau lächelte matt und unternahm nichts, um den Stift zurückzuholen. Sollte Alis Katze ruhig ihren Spaß damit haben. Sie war schließlich schon irre lange hinter dem Ding her.

Aus der Mansarde drangen Gelächter und Geschrei herunter.

Oma Hedia hackte mit verbissener Miene rote Zwiebeln und Pau stopfte leicht niedergeschlagen ihre Schulsachen zurück in ihren Schulrucksack.

Was Ali wohl davon halten würde, dass Isi und Mina jetzt mit Roschan herumhingen?, überlegte sie (fast gegen ihren Willen) besorgt. Denn obwohl Ali nie ein Sterbenswort darüber sagte, war Pau – wie schon erwähnt – nicht blind. Sie wusste, dass Ali in Roschan … so was wie, nun ja … verknallt war.

»Muslimisches Mädchen, ach, ach, ach …«, jammerte Oma Hedia in Richtung der klein gehackten Zwiebeln, aber dann verfiel sie ins Persische und Pau konnte ihr nicht mehr folgen.

Als kurz darauf das Telefon klingelte, hatten jedenfalls weder Pau noch Oma Hedia Lust, das Gespräch anzunehmen. Also erbarmte sich nach ein paarmal Klingeln der Anrufbeantworter.

»Die Schmidthubers und die Al Bazis sind gerade allesamt nicht da oder aber zu beschäftigt, um zu telefonieren, darum

hinterlasst gerne eine Nachricht auf diesem guten alten AB. Wir rufen zurück – versprochen!«, ertönte Darius' freundliche Stimme. Er war eben, verdammt noch mal, wirklich viel netter als sein Zwillingsbruder, dachte Pau. Auch wenn Ali das immer vehement bestritt! Sie war in einem Zwillingsschwesternabendgespräch sogar schon mal so weit gegangen zu behaupten, Darius wäre mehr eine Schlaftablette als ein Mensch.

»Ich bin es«, sagte in dem Moment Yussuf, der Gute, nachdem der Anrufbeantworter auffordernd gepiepst hatte. »Ich wollte nur sagen, dass es Neuigkeiten gibt …«

Er lachte leise (und etwas verlegen) – und Pau fand, dass man immer noch hören konnte, dass Yussuf, der Gute, lange Zeit nicht gelacht hatte, denn auch er hatte, wie Mina Jenyat, in Syrien Schlimmes durchgemacht! Auch wenn er sich bisher immer geweigert hatte, Genaueres zu berichten.

»… ich verrate nur so viel: Ihr könnt in euer neues Haus umziehen! *In drei Wochen schon!*«

Pau hob den Kopf. WAAAAS? In drei Wochen schon? Nicht erst in *drei Monaten?*

4
Besitztümer und Co

Durch das enge, gewundene Resttreppenhaus zwischen ihrer Dachwohnung und der kleinen dazugehörenden Mansarde wand sich mal wieder wie eine schwarze Schlange Ibrahims Profi-Kabelrolle mit dem extralangen Verlängerungskabel. Sie war nötig, um den neuen Youtube-Kanal von Roschan, Isi und Mina mit dem nötigen Strom zu versorgen. Zwei Wochen waren vergangen, seit Isi und Mina zum ersten Mal zu Roschan zu Besuch gekommen waren.

Dazu drang aus der Dachmansarde der übliche Lärmmix aus Gelächter, Geschrei, PC-Games und Musik. Die drei drehten schon den ganzen Samstagvormittag an einer neuen Folge ihres (erschreckend erfolgreichen) Spaß-Kanals. Zwei Scheinwerfer und ein großes Mikro waren dafür im Dauereinsatz.

Dass der Umzug in die Rosmerthastraße unmittelbar bevorstand, juckte Roschan anscheinend absolut nicht.

»Verdammt, diese Idioten gehen mir so auf die Nerven!«, fauchte Ali in ihrem Zimmer und pfefferte zwei ihrer Bienenbücher in eine der offen herumstehenden Umzugskisten. Und zwar in eine mit der Aufschrift: BESITZTÜMER VON ALICE SCHMIDTHUBER – KISTE 3.

»He, pass doch auf!« Pau verhinderte (ganz jahrelanger Fußballprofi) mit einem schnellen Außenseitstoß ihres Spielbeins gerade noch, dass der mitten im Zimmer stehende Stapel Gesellschaftsspiele umstürzte. Lediglich *Cluedo* krachte von ganz oben herunter und kippte auf dem Boden aus. Oberst von Gatow, den Runtervomsofa im vergangenen Jahr mal gefressen hatte, kullerte über die Holzdielen und schien ihnen mannhaft zuzuwinken.

»Er ist so ein Kotzbrocken geworden!«, regte sich Ali weiter auf und vertraute darauf, dass Pau wusste, wen sie mit ER meinte. Natürlich nicht Oberst von Gatow (den Wiedergeborenen), sondern Roschan, diese treulose Tomate.

Unterdessen beförderte Ali den winkenden Oberst wütend zurück in die Spielschachtel und feuerte das Spiel ebenfalls grob in die dritte Kiste mit Besitztümern von Alice Schmidthuber.

»Aber dass Isi mir das ANTUT, ist das ALLERDREISTESTE an der Sache!«

Ali knurrte jetzt wie ein wild gewordener Stier. »Erinnere ich mich falsch, oder war SIE nicht diejenige, die Roschan VON ANFANG AN für einen kompletten IDIOTEN gehalten hat?«

Pau seufzte, aber das brachte Ali heute erst recht auf die Palme. »Seufz gefälligst nicht immer nur. Das geht mir auch auf den Geist, echt!«

»Und du kannst immer nur noch pöbeln«, schoss Pau ärgerlich zurück. »Was regst du dich so auf? Lass die drei doch machen, was sie wollen! Es ist nur ein popeliger Youtube-Kanal. Na und? – In Syrien ist Krieg! Durchgedrehte Salafisten lassen, wo sie gerade Lust haben, Bomben explodieren! – Und jüdische Kinder werden an ihren Schulen *ge-*

mobbt, einfach nur, weil sie Juden sind …! – Das habe ich gerade in der Tagesschau-App gelesen! Alles immer wegen irgendeiner Religion. SO WAS ist schlimm, Ali!«

Ali sackte in die Tiefen ihres Sitzsackes.

»Klar, das ist alles schlimm und mies und gruselig«, gab sie leise zu, während Runtervomsofa auf ihren Schoß sprang und sich dort beruhigend schnurrend zu einer Art *Antistresskugel* zusammenrollte. So war die Katze. Sie liebte Ali eben mit jeder Faser ihres Katzenwesens.

»Aber DU MUSST ZUGEBEN, es ist auch schlimm, dass …«, Ali suchte nach Worten, »… MANN, dass wir gezwungen werden, in diese *Mäuse-in-den-Zimmern-Bruchbude* in der Rosmerthastraße zu ziehen!«, murmelte sie schließlich erschöpft. »… und dass Roschan sich in der letzten Zeit so *kotzbrockig* benimmt! Und dass Isi mich soo hintergeht! Und stell dir vor, was passiert, wenn Lady Gaga es mir vielleicht übel nimmt, dass sie ihr Zuhause hier verliert!«

Lady Gaga war die sensible Königin von Alis summendem und brummendem Bienenstock im Hinterhof.

Wild riss Ali, wie zum Beweis, ihr zerfleddertes Exemplar des Buches *Die Geschichte der Bienen* aus einer ihrer drei Besitztümerkisten. »Du weißt, wie es weltweit um Bienen steht, Pau!«, jammerte sie. »Auf der ganzen Welt sterben sie aus! Was ist, wenn meine jetzt auch KRANK WERDEN?«

Pau gab keine Antwort. Aber sie verbiss sich weitere Seufzer, um ihre Schwester wenigstens nicht weiter unnötig aufzuregen.

Ali war allerdings noch lange nicht fertig. »Und meine

Kletterrosen! – Hast du eine Idee, wie ich die *retten* soll? Seit drei Jahren ranken sie *wild und frei* auf unserem Balkon und jetzt sagt Isabella, der Eisklotz, nur, ich soll sie einfach ganz kurz zurückschneiden und die Ballen aus den Kübeln im Garten der *Bruchbude* wieder eingraben! HALLO? Man darf Rosen nicht einfach so KOMPLETT ZURÜCKSCHNEIDEN! Sie werden das nicht überstehen!«

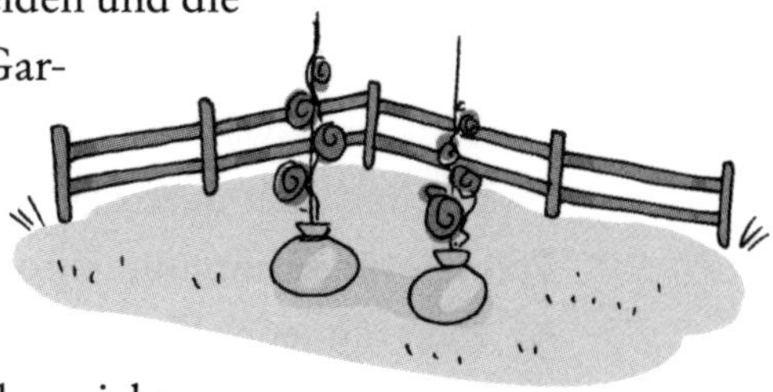

Ali schüttelte verzweifelt den Kopf. Pau schwieg weiter.

»... und dann PAPA, der Idiot! Schreibt nur ne kurze Nachricht, dass er mit seiner neuen TUSSI nach Berlin umzieht!« Ali kam aus dem wilden Kopfschütteln gar nicht mehr raus.

Diesmal hielt Pau eine Antwort für angemessen. »Er hat allerdings auch geschrieben, dass der Umzug erst für *nächstes Jahr* geplant ist«, warf sie aufmunternd ein. »Und überhaupt – Ali – was juckt es uns, wo er hinzieht? Wir sehen ihn doch sowieso so gut wie nie ... Und ich finde ja Ibrahim viel ...«

Ali kniff gereizt die Augen zusammen und schnitt ihr das Wort ab. »Aber wir *könnten,* wenn wir wollten – und das ist ein himmelschreiender Unterschied. Im Gegensatz zu Oma nämlich.«

Sie starrte einen Moment vor sich hin. »Ich habe mich auf den überstürzten Umzug in die *Bruchbude* echt noch nicht eingestellt, Pau«, sagte sie dann. »Warum müssen Yussuf, der Gute, und Prabhamani auch unbedingt Knall auf Fall UNSERE SCHÖNE WOHNUNG übernehmen?«

Pau runzelte die Stirn. »Sei nicht ungerecht, Ali. Yussuf, der Gute, war so glücklich, dass er sie überhaupt bekommen hat! Für ehemalige Flüchtlinge ist es nicht gerade leicht, an eine Wohnung zu kommen – das haben sie uns in den letzten Wochen ja nun oft genug erzählt!«

Ali starrte zu diesem Argument düster vor sich hin.

»Er war jedenfalls der bestaussehende Junge, den ich kannte«, bekannte sie irgendwann leise (anscheinend war sie zu Problem Nummer eins: ROSCHAN! zurückgekehrt) und begann wieder, wahllos Sachen in die dritte Kiste zu stopfen. Ihre Stimme klang schwer wie ein Stein.

»Hör einfach auf, ihn anzuschmachten, Ali. Das ist voll … peinlich, echt.«

Ali fuhr herum und stolperte dabei fast über *Besitztümer von Alice Schmidthuber – Kiste 2.*

»Ich *schmachte* nicht!«

»Doch, du schmachtest!«

Ali starrte ihre Schwester über die Kiste hinweg wütend an. »Nimm das sofort zurück!«

Aber Pau schwieg verbissen. Sie hätte zu gerne ihrer Zwillingsschwester ins Gesicht geschrien, dass sie wusste, wie Ali Roschan letzte Woche eine Dose von seinem *Surfer-Look-Salz-Haarspray* aus dem Badezimmer geklaut hatte! Und zwar, wie es schien, nur um das Zeug in ihrem Zimmer in kleinen, heimlichen Stößen in die Luft zu pusten und dann SCHMACHTEND an der Haarspray-Luft zu schnuppern, die für einen kleinen Moment nach Roschans *Haaren* roch. Die Zeiten, in denen sie sich wortlos verstanden hatten, waren wohl definitiv vorbei! Ali war auch so schon auf hundertachtzig. Diese Dose versteckte Ali jedenfalls unter ihrem Rosenkopfkissen im Bett, so viel stand fest!

»Besser Roschan anschmachten, als diese Schlaftablette DARIUS anzuschmachten!«, schnauzte sie jetzt die auffällig schweigsame Schwester an und kippte ihre alte Postkartensammlung in Kiste 3.

»Darius und ich sind einfach nur gute Freunde, du Idiotin!«, schnauzte Pau ärgerlich zurück. Allmählich wurde es ihr echt zu bunt mit Ali. Wieder musste sie an die Hundert-winkende-Zwillinge-Aufnahme denken, die in der Küche an der Pinnwand pinnte. Was lief nur falsch bei ihnen? Früher hatten sie doch so gut wie nie Streit gehabt – und *jetzt*?

Alles hatte damit angefangen, dass ihre Mutter sich im letzten Sommer in Ibrahim verknallt hatte. Dass er ausgerechnet zwei seltsame Zwillingssöhne im Gepäck haben musste, konnte ja keiner ahnen. Und Ali hatte sich quasi sofort in Roschan verknallt! Als Nächstes hatte sie sich einfach so von einer Sekunde zur anderen die Haare abgeschnitten, um nicht mehr wie Pau auszusehen.

Pau seufzte nun doch leise vor sich hin. In letzter Zeit hatte sie ein unerklärliches Bedürfnis nach Ruhe und Frieden.

Aber darauf nahm natürlich niemand Rücksicht. Nicht zuletzt deshalb wahrscheinlich, weil sowieso keiner wusste, wie es um sie stand und was ihre Bedürfnisse waren. Auf Unsichtbare nahm man eben keine Rücksicht. In diesem Moment polterte ausgerechnet Roschan die kleine Mansardentreppe herunter.

»Ali? Pau?«, rief er atemlos und ließ die alte, rappelige Tür, die zur Mansarde hochführte, laut hinter sich ins

Schloss krachen. Sämtliche kleinen, bunten Glasscheiben darin klirrten, als habe ihr letztes Stündchen geschlagen. Pau hob nicht mal den Kopf. Stattdessen begann sie, ihre vielen Fußballsachen in eine ihrer Kisten zu stopfen. Auch Ali stellte sich taub. Was hatte sie mit Roschan, dem Idioten, zu schaffen? Und außerdem war sie kein Hund, der sofort angerannt kam, wenn man nach ihm pfiff.

»Stellt euch vor, was passiert ist …«, brüllte Roschan unterdessen los. Er schien in der Küche und im Wohnzimmer nach ihnen zu suchen.

Ali reagierte nun doch. »Was … was ist denn – p-passiert? Wir sind hier …«, rief sie mit … dieser komischen Stimme, die sie so oft in der letzten Zeit hatte, wenn sie mit Roschan redete. Irgendwie quietschig und wackelig. – Herrje, sie *schmachtete* ja schon wieder!

»Kohle!«, rief Roschan und bremste mit rudernden Armen in der Zimmertür. Seine Augen strahlten triumphierend und er stieß beide Fäuste in die Luft.

»Was meinst du mit Kohle?«, hakte Ali nach. Ihre Wangen waren rosa geworden beim Anblick ihrer *wilden Begierde,* wie Pau peinlich berührt feststellte.

»Na, ZASTER, KRÖTEN, MONETEN, BARES …«, rief Roschan ungeduldig. »Nenn es, wie du willst …«

Ali starrte ihn an und Pau sah beklommen, dass das Rosafarbene von Alis Wangen gleichzeitig hinauf zu ihrer Stirn und hinunter auf ihr Dekolleté wanderte. Rosarotfleckig (wie eine gesprenkelte Landkarte) sah Ali jetzt aus, aber Roschan schien das – zum Glück – überhaupt nicht aufzufallen.

»Werbung!«, sagte er nur glücklich. Er ließ sich das Wort genüsslich auf der Zunge zergehen. »Wir haben es gerade erfahren: Youtube hat vor unsere Filme Werbespots gesetzt! Weil wir so viele Klicks haben! Weil wir so viele Follower haben! FANS! Abonnenten! – *YAY!* Ab jetzt fließt Geld, wenn die Leute sich unsere Filme anschauen …«

Ohne eine Antwort abzuwarten, düste er bereits zurück Richtung Dachmansarde. Wieder klirrte die Mansardentür.

»Oh Mann«, seufzte Pau.

»Was?« Ali schaute ihre Schwester fragend an. Durch Roschans triumphierenden Kurzauftritt an ihrer Zimmertür schien sie ihren Streit von eben völlig vergessen zu haben.

»Du schmachtest übrigens immer noch, Ali«, war Paus knappe Antwort. »Aber so was von!«

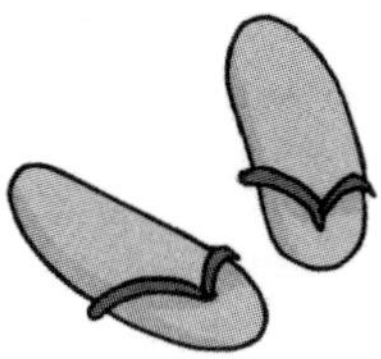

5
Die Putzfrau fällt um

»Tschüss, Haus«, flüsterte Ali.

»Tschüss, Wohnung. Tschüss, altes Treppenhaus. Tschüss, Briefkasten. Tschüss, Schnörkelgeländerbalkon. Tschüss, Hinterhof …«

»Jetzt dreh bloß nicht durch, Ali«, flüsterte Pau zurück und gab ihrer Schwester einen warnenden Stoß in die Rippen.

»Tschüss, Kiste mit Sachen, die Isabella unbedingt zum Sperrmüll stellen musste – obwohl ICH den Kram behalten wollte!«, fuhr Ali verbissen und deutlich lauter fort. Sie sah an dem alten Haus, in dem sie so viele Jahre gelebt hatte, hoch. »Tschüss, GLÜCKLICHES Leben!«

Dann erst kletterte sie widerwillig in das Auto und warf keinen Blick mehr zurück.

»Da wären wir«, sagte Isabella eine halbe Stunde später begeistert. Sie schlang glücklich ihren Arm um Ibrahim und legte ihren Kopf an seine Schulter. Ali und Roschan seufzten aus verschiedenen Ecken unisono. Wenn auch nicht glücklich, sondern eher sehr, sehr skeptisch.

Sie standen alle zusammen im Vorgarten der *Bruchbude* herum und ließen ihr neues Leben, das hier und jetzt begann, auf sich wirken. Es war mittlerweile Mai und auch wenn die Luft noch frisch war, strahlte die Sonne schon mit aller Kraft vom Himmel.

»Erst drei Monate her, dass wir die *Bruchbude* zum ersten Mal gesehen haben …«, murmelte Ali kopfschüttelnd. »Hätte man sie nicht wenigstens etwas … auf Vordermann bringen können, bevor wir gezwungen werden, *in ihr zu hausen?«*

Beinahe kniehoch wucherte im Garten das Gras und dazu jede Menge wildes Irgendwas. Ein halb zugewachsener Kiesweg war von hohem Farn gesäumt und schlängelte sich über das völlig zugewucherte Grundstück. Modrige, verwitterte Sonnenblumen (vom Vorjahr und bestimmt zwei Meter hoch) ließen braune Köpfe, Stängel und Blätter hängen. Ali blinzelte durch die hellen Wimpern und starrte auf das neue *Zuhause* der neuen Patchworkfamilie Schmidthuber/Al Bazi.

Sie seufzte erneut.

»Was hast du denn?«, erkundigte sich Pau neben ihr.

»Nichts«, murmelte Ali. Sie blinzelte weiter durch ihre zusammengekniffenen Augen.

»Hast du was ins Auge bekommen?«

Ali schüttelte abwehrend den Kopf. »Ich versuche, mir das … *Haus* schönzusehen! Ich hab irgendwo gelesen, dass so was geht …«

»Was geht?«, erkundigte sich Roschan und drängelte sich zwischen sie. Er hatte, wie immer in der letzten Zeit, sein Smartphone reaktionsbereit in der Hand. Praktisch stündlich kontrollierte er die Klicks und Kommentare seines Kanals – und die aktuellen Einnahmen, die er, Isi und Mina zu verbuchen hatten. (»Wenn es so weitergeht, haben wir Ende des Monats über 200 Euro verdient!«, hatte er erst gestern beim letzten Abendbrot in der alten Wohnung sehr selbstgerecht, wie Ali fand, verkündet.)

Oma Hedia hatte bereits ihren Kompass aus den Tiefen ihres Tschadors gezogen.

»Allah ist groß«, murmelte sie dabei.

Ibrahim verdrehte leicht verlegen die Augen. »Ja, Mutter, wir freuen uns doch auch … Und klar, Allah ist groß …« Er zwinkerte seiner Mutter über Isabella hinweg liebevoll zu. »Du hast das, meine ich, schon ein paarmal erwähnt.«

Oma Hedia warf ihrem Sohn einen strengen Blick zu. »Aber Allah IST groß!«, wiederholte sie. »Kann man NICHT OFT GENUG sagen!«

Ibrahim lachte leise und tätschelte seiner Mutter die Schulter, während Ali Roschan keine Antwort auf seine Frage gab. Es hatte sowieso nicht geklappt. Die *Bruchbude* ließ sich einfach nicht »schönsehen«! Sie war eben nichts weiter als ein altes, verwinkeltes, irgendwie verbautes Haus, das wirklich dringend einen neuen Anstrich gebrauchen konnte! Dazu kamen noch diese alten, schäbigen Klappläden vor jedem Fenster! Im Moment waren sie alle geschlossen! Und drei von den Dingern hingen auch noch schief in den Angeln. Es war echt ein Jammer!

»Reingehen?«, fragte Oma Hedia fröstelnd. »Brauche Zimmer nach Osten!« Man konnte förmlich sehen, wie sie sich ein *Allah ist groß* verbiss.

»Äh, ja, natürlich, Mutter«, sagte Ibrahim rasch und lächelte ihr dankbar zu. Er suchte in seiner Hosentasche nach dem neuen Haustürschlüssel und zog ihn schließlich mit feierlicher Miene heraus. War das zu glauben? Isabella und er (und die Bank, natürlich, wie er immer betonte) waren jetzt GLÜCKLICHE, STOLZE Hausbesitzer! Ali beobachte ihre Familie und sah, dass Roschan ebenfalls in die Runde sah.

Dass er so abscheulich gut aussehen musste, schoss es Ali ärgerlich durch den Kopf, aber sie verdrängte den Gedanken so schnell wie möglich wieder. Von ihr aus konnte Roschan … äh, *Mister Universe* werden – was ging es sie an?

»Wie entscheiden wir eigentlich, wer welches Zimmer bekommt?«, fragte »Mister Universe« in diesem Moment mit lauernder Miene – anders konnte man es nicht nennen.

»Nun ja, ihr vielen Zwillinge …«, begann Ibrahim, aber da rasten Roschan und Ali bereits los. Roschan allerdings nicht, ohne seinem Vater vorher den Haustürschlüssel aus der Hand gerissen zu haben.

»He, drängel doch nicht so widerlich! – Au! – Spinnst du?«, schrie Ali nach hinten.

»Aus dem Weg, Nervensäge!«, übertönte Roschan sie, sprengte Ali förmlich aus dem Weg und hechtete an ihr vorüber. Dennoch erreichten sie die Haustür fast zeitgleich.

»Au, he! Lass mich gefälligst durch!«, regte sich Roschan auf. Mit einem Krachen knallte die Tür nach innen und Ali und Roschan stürmten zusammen die knarrende Holztreppe hinauf.

Sie zeterten »Au!« und »Nicht!« und »Hast du sie noch alle?« und verschwanden gemeinsam im oberen Stockwerk. Eine Menge Staub wirbelte auf.

»Okay, sie sind bekloppt«, sagte Darius zu Pau. »Völlig bekloppt. – Man könnte sich direkt … für sie schämen!«

Pau nickte. Der Rest der Familie setzte sich nun ebenfalls in Bewegung.

Als Nächstes knallten im ersten Stockwerk diverse Fensterläden auf. Das Kampfgeschrei ging weiter.

Oma Hedia erklomm ebenfalls schnurstracks die knarrende Treppe, den Kompass ausgestreckt in der Hand und, wie es schien, konsequent dem Weg nach Osten folgend.

»Ich war zuerst hier!«

»Nein, ich!«

»Ahhhh, hier Osten – Allah ist groß!«

»Au! – Nicht!«

»Verdammt! – Ein Mädchen sollte sich echt nicht prügeln, Ali!«

»Hast du sie noch alle? Ein Junge sollte kein Mädchen schlagen!«

»Liebling, was machen wir, wenn sie das Haus zum … sagen wir … Einsturz bringen, ehe wir überhaupt richtig eingezogen sind?«, erkundigte sich unten im zukünftigen Wohnzimmer Ibrahim vorsichtig bei Isabella. Darius und Pau standen dort ebenfalls noch unschlüssig herum.

»Nein, nein, keine Sorge! Die beiden werden sich gleich beruhigen – das sind nur die Nerven«, sagte Isabella. »Im Grunde ist Ali ein sehr freundlicher, friedlicher Mensch …« Schwärmerisch sah sie sich in dem leeren, staubigen Wohnzimmer um. »Lach nicht, Ibrahim, wenn ich dir jetzt ein Geheimnis anvertraue, ja?«

Ibrahim hätte Isabella alles versprochen, das war seinem Gesichtsausdruck deutlich anzusehen, fand Darius. Er trat verlegen von einem Fuß auf den anderen. Du lieber Himmel, was würde jetzt wieder kommen?

»Ich wollte schon immer mal in einem völlig leeren Haus im Sonnenlicht – *Tango* tanzen …«, verriet Isabella mit verklärter Miene. Sie drehte sich in ihrem roten Samtkleid mit ausgebreiteten Armen bereits im Kreis.

Pau fixierte mit ihren Augen einen aus der Wand stehenden Haken. Oh, Hölle! Isabella war echt eine Zumutung als Mutter! Leas Mutter zum Beispiel züchtete Kakteen. Und Isis Mutter ging jeden Samstagnachmittag zu einem Strickründchen in ein Altstadtcafé.

Da legten die beiden auch schon los. Ärgerlich eigentlich, dass Ibrahim nicht nur Fahrradladenbesitzer, sondern zudem auch noch Musiker war. Er kannte massenweise Lieder und konnte zudem richtig gut singen.

Für Isabella sang er jetzt *Kiss of Fire* und dazu tanzten die beiden tatsächlich … Tango! War das zu glauben? Warum waren ausgerechnet ihre Eltern bloß so *peinlich?*

»… give me your lips, the lips you only let me borrow …«, schmetterte Ibrahim. Seine Locken FLOGEN, so schnell zischten die beiden im Tangotakt herum.

»Ich glaub, ich dreh durch«, murmelte Darius. »Los, verschwinden wir besser von hier.«

Pau nickte mit einem letzten, kritisch prüfenden Blick auf ihre verrückte Mutter. Oh Mann, also wirklich! (Zu Isabellas nächstem Geburtstag würde Pau ihr versuchsweise ein paar Kakteen und ein Knäuel Wolle samt Stricknadeln schenken! – Die Hoffnung starb schließlich zuletzt!)

Ibrahim hatte unterdessen übermütig die Sprache gewechselt. *»… Con este tango que es burlón y compadrito …«*, sang er und tanzte dazu schwungvoll mit Isabella durch das sonnige, leere, staubige Wohnzimmer. Die abgewetzten Dielen unter ihren Füßen ächzten.

»Hoch? Gucken, welche Zimmer uns die Spinner übrig gelassen haben?«, schlug Darius vor, der bereits an der Treppe war. Dort prallte er beinahe in seine Großmutter, die, immer noch eingehüllt in ihren Schleier, bereits wieder auf dem Rückweg nach unten war. Darius und Pau schlängelten sich hastig an ihr vorbei, gerade als sie rief: »Aufhören! Sofort aufhören! In meinem Dorf in Persien einmal ein Baby kam zur Welt mit Schnur des Nabels um den Hals! Viermal herumgewickelt! Vom Tanzen! Baby beinahe ERSTICKT! – Aufhören! Sofort aufhören! Ibrahim? Hör auf deine Mutter!«

»Also, Mutter, wirklich!« Ibrahim erstickte fast vor Lachen und tanzte und sang unbekümmert weiter.

»Ali?« Pau lugte im oberen Stockwerk suchend in das erstbeste Zimmer hinein, gerade als es unten an der alten Haustür mit einem *DINGDONG-DINGDONG* doppelläutete.

Darius warf einen prüfenden Blick zurück nach unten. Wer kam sie denn zu diesem Zeitpunkt in der *Bruchbude* besuchen? Er sah allerdings, dass Oma Hedia bereits mit grimmiger Miene zur Tür marschierte.

Sein Vater und Isabella tanzten unbekümmert weiter. Bekamen die denn gar nichts mehr mit?

»Das werden die Möbelleute mit dem Möbelwagen sein!«, rief Isabella immerhin in Ibrahims geschmettertes »… since first I kissed you, my heart was yours completely …« hinein. »Sagt ihnen bitte, wir sind gleich für sie da! Wir tanzen nur noch rasch zu Ende …«

Oma Hedia zupfte ihr Kopftuch zurecht und öffnete misstrauisch die Haustür. Allerdings nur einen Spaltbreit. Vor der Tür standen aber nicht die Männer der Möbelspedition, sondern eine völlig fremde Frau. Darius hing oben über dem Rand des Treppengeländers und spähte nach unten.

»GutenTagIchbinFrauNeumannundwohneimNachbarhausStöre ich?« Die Frau lächelte gewinnend durch den Türspalt und deutete auf das Haus gegenüber. Mit Sicherheit hätte sie jeden Schnellredewettbewerb gewonnen, dachte Darius beeindruckt.

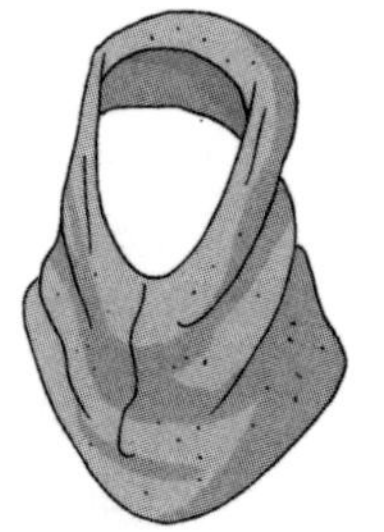

»Wie bitte?« Oma Hedia hatte kein Wort verstanden.

»*… don't pity me, don't pity me, don't pity me …*«, sang Ibrahim dazwischen und tanzte mit Isabella einmal an der offen stehenden Wohnzimmertür vorbei.

»Oh!Nasowas!Ichwolltenatürlichnichtstören.Ichdachte nur, ichstellemichmalvor. MeinNameist,wiegesagt,Frau Neumann,undichwohnegleichgegenüberundhabemirdie Freiheitgenommen,IhneneinenkleinenKuchenzurBegrüßung zubacken.ImmerhinsindwirjetztNachbarnundalsNachbarn solltemanja …«

Die Frau warf einen leicht verwirrten Blick auf Ibrahim und Isabella, als die beiden ein weiteres Mal an der offen stehenden Wohnzimmertür vorübertanzten. Sie sah nicht sehr beglückt aus. Anscheinend machten die neuen Bewohner des Hauses keinen sehr günstigen Eindruck auf sie.

»Wie bitte?«, wiederholte Oma Hedia in der Zwischenzeit misstrauisch.

»Oma, das ist die …«, rief Darius von oben mit gedämpfter Stimme, aber die Frau an der Tür war schneller als er. Ihr Blick hing jetzt an Oma Hedias schwarzem Kopftuch mit den hineingewebten Silberfäden und sie lächelte nachsichtig.

»Aaaaachso! Sie – sind – die *Putzfrau!* Verzeihen – Sie – ich werde – langsamer – sprechen. – Dann verstehen – Sie – mich – besser …«

Sie lächelte breit. »Woher – stammen – Sie – gute – Frau? – Meine – Putzfrau – kommt – ja – aus – der – Türkei! – Sie – ist – eine – wahre – PERLE – kann – ich – Ihnen – sagen. – Putzen – Sie – nur – oder – bügeln – Sie – beispielsweise – auch? – Und – machen – Sie – vielleicht – auch – Gardinen – und – Vorhänge? – Da – könnte – meine – Fatima – nämlich – Hilfe – gebrauchen. – Sie – fürchtet – sich – nämlich – schrecklich – davor – auf – eine – Leiter – zu – steig …«

Darius japste nach Luft, blieb aber steif gefroren oben an der Treppe kleben. Diese schräge Person an der Tür hielt seine Großmutter für die *Putzfrau* der Familie?

Oma Hedia hatte die Augen weit aufgerissen.

»Wie bitte?«, fragte sie zum dritten Mal. Aber dieses Mal hatte sie durchaus verstanden, denn gerade als Ibrahim und Isabella entschuldigend lächelnd Hand in Hand aus dem Wohnzimmer traten, um nach dem Rechten zu sehen und sich ebenfalls vorzustellen, krachte es.

Alle vier Zwillinge kamen alarmiert die Treppe heruntergepoltert, nur Sekunden nachdem Oma Hedia mit beeindruckend lautem Getöse umgefallen war.

»Mutter? *Oh nein – bitte NICHT!*«, brüllte Ibrahim erschrocken.

»Um Himmels willen, Hedia …«, rief Isabella.

»O Mann, Oma!«, stöhnten Roschan und Darius.

»Herrjemine!«, keuchte die neue Nachbarin und krallte sich mit einer Hand an den Türrahmen. Der Teller mit gepuderzuckertem Kuchen, den sie zuvor in den Händen gehalten hatte, lag auf der Erde. »Istsieetwatot?«

»Verflixt, Mutter …? Ist es ernst oder … simulierst du mal wieder?«

Ibrahim sank in die Knie. Er tätschelte seiner bleichen Mutter das verzerrte Gesicht.

»SosagenSiedochwas! SollicheinenKrankenwagenrufen? MeinNameistNeumann. Ichwohne,wiegesagt,imHausgegen überundwollteIhnennureinenKuchen …«

Die Frau begann hastig zu berichten, dass ihr eigener Mann ebenfalls mal einen Herzinfarkt gehabt hätte. Genau wie ihr Onkel Walter und ihre angeheiratete Tante Renate aus Bremerhaven. Und auch der nette, aber leider übergewichtige Briefträger, der in dieser Straße arbeite. Sie redete wie ein Wasserfall, aber keiner achtete auf sie. Alle umringten nur die auf der Erde liegende Oma Hedia.

Endlich öffnete sie stöhnend ein Auge.

»Oh Mutter – Gott sein Dank …« Ibrahim seufzte auf und wischte sich den Schweiß von der Stirn. Auch die anderen atmeten unisono auf. Isabella steckte ihr Handy zurück in die Antistrahlenhülle.

»Was ist denn passiert, Hedia? Ist dir schwindelig geworden?« Sie tätschelte Ibrahims Mutter aufmunternd die schlaffe Hand.

»Nicht schwindelig«, antwortete Hedia gnädig.

»Was war dann? Hattest du einen – Schwächeanfall?« Ibrahims Stimme klang immer noch besorgt.

»Kein Schwächeanfall«, knurrte Oma Hedia verächtlich.

»Gut, aber was … was war denn dann?«

»PUTZFRAU …«, sagte Hedia knapp. Mehr nicht.

Ibrahim warf Isabella und den vier Zwillingen einen verwirrten Blick zu. Darius biss sich auf die Lippen und überlegte, ob er jetzt in der Pflicht war, dieses Durcheinander aufzuklären, aber Oma Hedia kam ihm zuvor.

»Sie hält mich für Putzfrau.« Oma Hedias Stimme war nur ein Hauch und sie rührte sich immer noch nicht. Und öffnete auch nicht das zweite Auge. Lediglich das erste Auge huschte unheimlich hin und her.

»Wie bitte?« Ibrahim machte ein noch verwirrteres Gesicht.

»Hörst du nicht, was ich sage? – Sie hält mich für Putzfrau«, wiederholte Oma Hedia verbissen. Ihr eines geöffnetes Auge fixierte jetzt die neue Nachbarin.

»Oh. Ich … Äh …«, stotterte die Frau und rang sichtbar um Fassung. »Neinneinnein! Ichsagtebloß, Ichmeineichdachte … Also …«

»Oh doch«, beharrte Oma Hedia. »Sie sagte, ich solle rüberkommen und ihre Gardinen aufhängen!«

Ali kicherte und auch Roschan begann zu grinsen.

»Das … war bestimmt nur ein Missverständnis«, vermutete Isabella. Ihr Blick wanderte bekümmert zu dem zerfallenen Kuchen auf dem Fußabtreter. Zum Glück war wenigstens der Teller heil geblieben.

»War der für uns? Wie nett! Wollen Sie – vielleicht einen Moment hereinkommen?«

Isabella bückte sich, um nachzusehen, ob an dem Kuchen noch etwas zu retten war.

»Mutter, bitte, steh doch wieder auf«, bat Ibrahim inständig. »Du … du erkältest dich noch auf den kalten Fliesen …«

Oma Hedia reagierte nicht, sondern bohrte nur weiter ihr eines Auge in die verlegene Frau Neumann aus dem Haus gegenüber.

»Es … es tut mir so leid …«, stotterte die.

»Ist doch alles halb so wild.« Ibrahims Stimme klang besänftigend. »Mutter, jetzt ist es aber wirklich allmählich genug! Lass mir dir aufhelfen und öffne – um Himmels willen – endlich das zweite Auge!«

»Sie sieht aus wie ein alter, wild gewordener Zyklop«, flüsterte Roschan Ali zu.

In dem Moment hupte es hinter ihnen und der große, ächzende Möbeltransporter rollte an den Straßenrand und hielt. Die neue Nachbarin nutzte den Moment, um sich hastig aus dem Staub zu machen. »Nundenn,nundenn,nundenn …«, rief sie leicht wirr und stolperte hastig davon.

Da klappte Oma Hedia endlich das zweite Auge auf und erhob sich ächzend.

»Was für ein Land«, knurrte sie ungehalten. »Trägt man harmloses Kopftuch – wird man sofort für Putzfrau gehalten … Gehe beten! *Allah ist groß!*«

Damit stampfte sie davon.

6
Hardy und Nase

»Da geht sie hin ...«, grinste Roschan und seine Locken rochen milde und lieblich und so, als gäbe es Mina Jenyat, das schönste Mädchen der Schule, gar nicht.

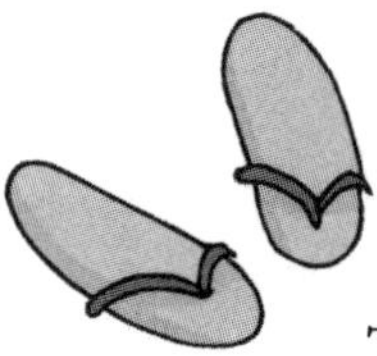

Ich bin leider immer noch verknallt in ihn!!!, schrieb Ali an diesem Samstagabend betrübt in ihr geheimes Tagebuch. Sie hielt inne und bis Ibrahim und Isabella von unten ungeduldig zum Abendessen riefen, dachte sie tagtraumbenommen über Roschan Al Bazi (den Trottel im Nebenzimmer) nach.

Sein Zimmer war das größte. Obwohl es auch nicht wirklich groß war. Alis hatte dafür einen eigenen, winzigen Balkon. Und Paus einen einigermaßen guten Blick in den verwilderten Garten. (Wenn man wollte, konnte man von Paus Fenster aus über einen kleinen Mauervorsprung und ein Stück Regenrinne dorthin hinunterklettern.) Darius allerdings hatte das, nun ja, kleinste und unscheinbarste Zimmer abbekommen. (Nach der ersten Nacht sagte er beim Frühstück, er könne sich jetzt lebhaft in Harry Potters Kindheit hineinversetzen, der in einem engen Verschlag voller Spinnen unter einer Treppe hatte hausen müssen.) Aber Darius hatte verkündet, das störe ihn nicht weiter. Zum einen, weil er geradezu fürchterlich bescheiden war, wie Pau später zu Ali gesagt hatte, und zum anderen, weil es ihm reichte, wenn seine Mathesachen einigermaßen gut verstaut waren.

Oma Hedias Zimmer war das Richtung Straße. Aber es lag dafür *perfekt Richtung Osten* – also praktisch so gut wie in Mekka. (In diesem Zimmer gab Oma Hedia seit Neuestem einen Korankurs für muslimische Mädchen. Der Imam der Moschee, in die sie immer zum Beten ging, war begeistert davon!)

Und Isabella und Ibrahim residierten im gesamten, staubigen Baustellendachgeschoss. Zusammen mit Ibrahims Harfe und ungefähr einer Million Bio-Farbtöpfen, Pinselrollen, Sägen, Brettern und noch an den Wänden lehnenden Bodendielen.

»Ich liebe es, hier oben zu sein«, seufzte Isabella schwärmerisch. »So viel Platz!«

Ibrahim nickte glücklich.

Heute war zum ersten Mal Lea zu Besuch in die *Bruchbude* gekommen. Roschan war mit Mina zu Isi nach Hause gefahren. Im Moment drehten sie von dort aus ihre Youtube-Filmchen.

»Ich drehe durch«, verkündete Ali düster.

»Warum?«, erkundigte sich Lea. »Ich finde euer neues Haus gar nicht so übel. – Ich hatte es mir viel schlimmer vorgestellt, nach dem was du uns so alles erzählt hast!«

Lea hatte ihr *Herzensangelegenheitenbuch* dabei, wie immer in der letzten Zeit.

»Was ist denn ein Herzensangelegenheitenbuch?«, hatte Pau sie beim ersten Mal gefragt.

»Ein Herzensangelegenheitenbuch ist natürlich ein Buch über Herzensangelegenheiten«, war Leas schulterzuckende Antwort gewesen.

Pau hatte die Augen verdreht. »Na dann«, hatte sie gemurmelt und lieber nicht weiter nachgefragt.

»Überall stehen Kisten herum, es sind, wie es aussieht, *massenweise* Mäuse im Haus, die Köttel hinterlassen, in die ich morgens barfuß reintrete, Runtervomsofa schert sich nicht die Bohne darum …«

Ali war immer wieder gerne bereit, die lange Liste, die sie täglich zum Durchdrehen brachte, an den Fingern abzuzählen.

Ach, ach, ach, wie gemütlich war es früher in der kleinen Dachwohnung in der Innenstadt gewesen, dachte sie betrübt. Da waren einem nicht immerzu Menschen über die Füße gestolpert, wenn man nur mal durch den Flur wollte, um auf die Toilette zu gehen!

»Runtervomsofa weiß nicht, dass Katzen Mäuse normalerweise jagen und fressen, Ali!«, unterbrach Pau ihre Zwillingsschwester genervt. »Sie ist eine traumatisierte Stadtkatze! Du kannst sie nicht mit *normalen* Katzen mit gesunden Instinkten vergleichen!«

»Ich weiß, ich weiß«, murmelte Ali ergeben und streichelte für einen Moment Runtervomsofa, die sich im Sitzsack zusammengerollt hatte und leise schnarchte. Dann zählte sie weiter auf: »… die Holzdielen in diesem verlotterten Haus sind voller fieser, böser Splitter, in die ich dauernd trete, Isabella rennt nur noch zwischen ihrem Bürgermeisterbüro und ihrem Schwangerschaftskurs hin und her und hat für NICHTS Zeit, meine Rosen leiden und Roschan ist so ein EKEL …«

»BürgermeisterINNENbüro!«, rief Lea und klimperte

erinnernd mit den Augen. Frau Eisenbeiß war ihre höchstpersönliche Nachbarin. Lea war darum ziemlich auf Zack, wenn es darauf ankam, weibliche Endungen nicht zu vergessen.

Darius, der gerade mit einem Stapel Bücher aus seiner *Harry-Potter-Kammer* gekommen war, steckte den Kopf zur Tür herein. Er hatte den letzten Teil von Alis Jammerlitanei mitbekommen.

»Warum pflanzt du deine Rosen nicht einfach endlich in den Garten?«, fragte er. »Sie stehen wirklich schon bald zwei Wochen in den Kübeln rum und der Garten ist doch groß genug …«

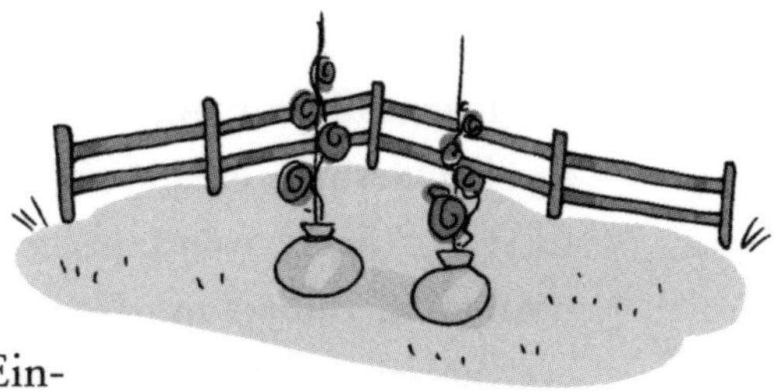

Ali fuhr herum wie von der Tarantel gestochen.

»O Mann, du zweiter Einstein!«, fauchte sie gereizt. »Wer will das noch alles fragen? Soll ich vielleicht ein Schild aufstellen mit dem, was ich euch schon TAUSENDMAL erklärt habe?«

»Schnauz ihn doch nicht so an, Ali«, ermahnte Pau sie nun auch noch vorwurfsvoll.

»Ich schnauze nicht«, feuerte Ali heftig zurück. »Ich habe bloß eine Gegenfrage gestellt.«

Darius winkte ab. »Ist ja nicht so wichtig«, murmelte er. »Ich hab's nur nicht kapiert: Erst machst du so einen Wirbel um deine Rosen – und dann lässt du sie da draußen, nun ja, vergammeln …«

»ROSEN SIND TIEFWURZLER!«, brüllte Ali los und wusste selbst, wie eklig sie gerade war. Aber stoppen konnte sie ihre miese Laune dennoch nicht. »ROSEN BRAU-

CHEN LOCKERE ERDE, UM SICH AUSZUSTRECKEN!«

»Ali!«, regte Pau sich auf. »Nun mach mal halblang, okay?«

Ali aber hatte das Gefühl, dass ihr nie jemand zuhörte: Sie schaffte es allein einfach nicht, den Garten von den massenweise alten Wurzeln und Steinen im Erdreich zu befreien und ihn mindestens zwei Spatentief umzugraben. Dabei musste jemand helfen! – Bloß wer?

Ibrahim? Der hatte abends, wenn er aus dem Radhaus kam, schon genug im Baustellendachgeschoss zu tun.

Ihr Vater, Lars Schmidthuber? Hahaha, der hatte sowieso nie Zeit, der würde es höchstens schaffen, einen Gärtner anzurufen. Aber dazu war er mit Sicherheit viel zu geizig.

Am Ende Roschan? NA KLASSE, dieser Mistkerl verbrachte seine Freizeit ja lieber mit Mina Jenyat, der Schönen!

Pau hatte einige Male ihre Hilfe angeboten, aber Ali hatte immer abgewinkt.

»Außerdem ist der pH-Wert des Bodens das Letzte …«, murmelte sie jetzt. »Selbst wenn ich die Erde umgegraben bekäme, was niemals der Fall sein wird, werden meine Rosen darin eingehen wie nichts …«

Sie warf Darius einen giftigen Blick zu. »Und das alles nur, weil *meine* vertrottelte Mutter letztes Jahr *deinem* vertrottelten Vater über den Weg laufen musste! Bevor das passiert ist, war meine Welt NÄMLICH VOLL IN ORDNUNG! Damals war ich GLÜCKLICH!«

Darius, der bekanntermaßen Geschrei und Geschimpfe hasste wie die Pest, zog den Kopf ein, rutschte seufzend am

Türrahmen hinab und hockte dann mit angezogenen Knien stumm da, als ob er nie wieder von dieser Stelle fortgehen würde.

Pau stieß Ali wütend in die Seite. »Das hasse ich echt an dir, dass du andere runtermachst, wenn du selbst mies drauf bist.«

Ali seufzte tief und dramatisch. »Ich bin nicht mies drauf – ich bin *grottenunglücklich«*, murrte sie. »Begreift das denn KEINER in diesem Haus?«

»Deshalb musst du nicht alle um dich rum fertigmachen!«

Die Schwestern starrten sich an.

»Hör du lieber auf, Darius *anzuschmachten*, Pau!«, revanchierte sich Ali da stichelig für den Rat ihrer Schwester am Einpacknachmittag vor zwei Wochen.

Darius wurde bei Alis Worten von einer Sekunde zur nächsten rosarot im Gesicht.

Ali warf Lea einen Blick zu. O Mann, welcher fast dreizehnjährige Junge wurde denn noch rot?, hieß dieser Blick. Pau tat sehr beschäftigt mit einem Haargummi, mit dem sie sich die Haare zu einem Zopf zusammenband.

»Ich … äh … boah … Matheolympiade … muss mal allmählich los …«, stotterte Darius hastig, sprang auf wie von einer Tarantel gestochen, klaubte seinen Bücherstapel auf, stolperte aus dem Zimmer und die Treppe hinunter.

Sekunden später klappte unten die alte Haustür.

»Jetzt zähl mal bis zehn«, forderte Ali Lea auf.

»Wieso? Was ist dann?«

»Wart's ab – zähl einfach …«

Lea machte ein verwirrtes Gesicht. »Okay. Eins – zwei – drei – vier – fünf – sechs …«

»Reicht schon!«, sagte Ali, als unten die Haustür wieder aufflog. Hastige Schritte polterten über den knarrenden Dielenboden.

»Mist … Mist … Mist …«, hörten sie dazu Darius' nervöse Stimme.

Pau zog das Haargummi wieder heraus, schüttelte ihre Haare kräftig aus und machte sich erneut einen Zopf. Diesmal einen sehr hohen. Ali konnte Paus Unbehagen richtig deuten, aber im Moment kümmerte sie das nicht.

»Was hat er denn?«, fragte Lea prompt neugierig.

»Vergessen, den Herd zu fotografieren«, raunte Ali vielsagend. Dazu machte sie mit dem Zeigefinger kreisende Bewegungen neben ihrer Schläfe.

Pau seufzte. Ali konnte ihre Missbilligung geradezu fühlen. Warum war Ali bloß so gemein?

»Vergessen, den Herd zu fotografieren?« Leas Stimme klang verwirrt.

»Ein neuer … nennen wir es Spleen von ihm.«

Ali nahm Runtervomsofa hoch und plumpste zusammen mit ihr zurück in den Sitzsack. Die Katze begann, zufrieden zu schnurren.

»Warum fotografiert er denn euren *Herd?«*

Mit den Fingerspitzen kraulte Ali die Spitzen von Runtervomsofas Ohren. Das mochte sie nämlich sehr. »Damit er sicher sein kann, dass er tatsächlich *ausgeschaltet* ist!«

Lea machte immer noch ein verständnisloses Gesicht und

blickte zu Pau, aber die beteiligte sich nicht an dem Gespräch.

»Na, er macht sich eben immerzu Sorgen, irgendwas zu vergessen«, erklärte Ali. »Und im Moment ist seine fixe Idee der Herd! Um sicherzugehen, dass er wirklich aus ist, macht er – sozusagen zum Beweis – ein Foto von den Herdschaltern. Wenn er null, null, null, null sieht, ist er beruhigt und schaltet sein komisch tickendes Hirn vom Alltagsmodus in den Mathemodus um. Und wenn er zwischendurch unsicher wird, ob der Herd auch wirklich ausgeschaltet war, schaut er einfach auf die Fotodatei und checkt das aktuelle Herdbild.«

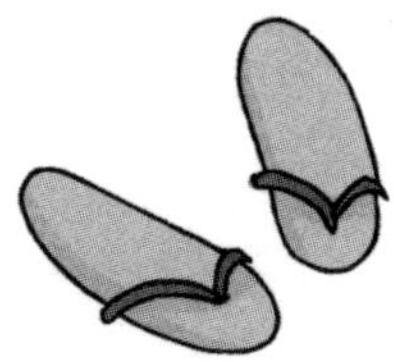

Lea prustete los. »Der ist ja echt eine schräge Nummer. Ihr Armen … Man kann sich seine Geschwister ja nicht aussuchen, aber ihr habt es ja echt übel erwischt.«

Pau ärgerte sich, aber sie schwieg. Ali konnte es ihr ansehen, aber sie war jetzt trotzdem nicht mehr zu stoppen. Sie musste einfach mal jemandem von dem ganzen Irrsinn in dieser »Familie« erzählen. Die ganze Zeit dieses heile Happy-Family-Getue war echt ätzend! Dabei wusste sie, dass sie im Grunde schrecklich ungerecht war. Gerade Lea war eine Königin des sinnlosen Bilderknipsens. Sie machte schließlich auch immerzu sinnlose Fotos! *Selfies* vor dem Klamottenshop in der Fußgängerzone. Selfies im Schwimmbad, in der Eisdiele, auf der Halfpipe beim Einkaufszentrum, in der Schulkantine – und sogar bei den Waschbecken auf der Mädchentoilette im *Klimperklimper,* dem Szenecafé im Stadtpark.

Eigentlich war das natürlich tausendmal idiotischer.

Darius verfolgte wenigstens eine Mission, das ließ sich nicht leugnen: Ihm ging es darum, diese komische, neue Patchworkfamilie vor irgendwelchen Katastrophen (wie zum Beispiel – nun ja – *Abgefackeltwerden)* zu schützen …

In dem Moment schaute Oma Hedia zur Tür herein.

»Koranstunde für Mädchen beginnt gleich«, verkündete sie und stellte ein kleines Silbertablett voller Gebäck auf Alis Schreibtisch ab. Immer wenn es um ihre Religion ging, war Oma Hedia bester Laune. Schon allein dafür musste man Allah unbedingt dankbar sein. Für ihre Korannachmittage backte sie jedes Mal ein ganzes Blech voller kleiner Kuchen – und weil sie gerecht sein wollte, bekamen auch Ali, Pau und ihre Freundinnen regelmäßig etwas davon ab.

»Ja, ja, schon okay …«, murmelte Ali. O Mann, die hatte echt eine Laune und ließ es an allen aus.

»Danke«, sagte Pau umso freundlicher und lächelte Oma Hedia zu. Lea und Ali knabberten bereits drauflos.

Ibrahims Mutter lächelte ebenfalls, schloss die Tür wieder und eilte nach unten.

Lea schrieb kauend etwas in ihr Herzensangelegenheitenbuch, das außen voller schnörkeliger, gemalter Rosen und innen schon ziemlich vollgeschrieben war.

»Und? Neuigkeiten?«, erkundigte sich Ali (höflich). Sie musste wirklich in einer Krise stecken, dachte Pau. Früher waren sie mal alle zusammen richtig gut befreundet gewesen: sie, Ali, Isi und Lea, aber seit Isi dauernd mit Roschan und Mina unterwegs war, waren Ali und Lea irgendwie –

zusammengerückt. Und sie selbst? Pau knibbelte nachdenklich an ihrem Daumennagel herum.

Lea nickte unterdessen. »Ich habe die Liste erweitert.«

»Welche Liste?«, erkundigte sich Pau.

»Die Liebesliste, natürlich«, sagte Lea ernsthaft. Bis vor einem Jahr war sie noch durch ewiges Kichern aufgefallen, schoss es Pau durch den Kopf. Jetzt kreiste bei ihr alles um die Liebe. Sie sammelte DVDs mit Liebesfilmen, dazu Liebesfilm-Kinoplakate, sie lud auf Instagram zuckersüße Bilder hoch, die man, wenn man wollte, gut für Valentinstags-Karten kopieren konnte, und sie besaß Liebes-Tarotkarten, die sie immer mit sich herumtrug. Vielleicht *ertrug* Ali Lea auch deshalb besser als sie selbst, weil sie in Liebesdingen so bewandert war. Seit Ali in Roschan verknallt war, war sie nämlich ziemlich aus der Bahn geworfen.

»Ich lese am besten noch mal alle der Reihe nach vor«, sagte Lea und wickelte sich eine rosa gefärbte Haarsträhne um den Zeigefinger (sie färbte sich seit einer Weile regelmäßig die leicht lockigen Haarsträhnen seitlich ihres Ponys mit rosa Filzstift ein. Ihre Mutter hasste das zwar, aber Lea tat es trotzdem immer wieder).

»Also, *Henry Schmidt* aus der Achten, *Bertram Svenson* – dieser hübsche Däne mit der festen Zahnspange aus der Neunten, *Konstantin Jasslauk,* obwohl er ja leider, nun ja, erst in die Siebte geht. Dann natürlich *Mr Wallace,* der neue Englischlehrer, Justin Bieber und …«

Sie verdrehte dramatisch die Augen, während Pau ihr einen verwirrten Blick zuwarf.

»… und seit gestern – *Nick Mehrbaum!*«

Ali zog die Augenbrauen hoch. »Wer ist denn das?«

Lea warf sich bäuchlings auf Alis Bett. »Ach, Ali, das ist einfach DER TOLLSTE TYP DER WELT, echt, echt, echt!«

Pau knibbelte immer noch nervös an ihren Fingern und verkniff sich einen Seufzer. Allerdings einen genervten. Sie war sich sicher, dass sie jetzt kapiert hatte, was es mit Leas Liste auf sich hatte. Auch wenn es lächerlich und *völlig* idiotisch war, aber die Typen, die Lea da eben mit zuckersüßer Stimme aufgezählt hatte, mussten alle eins gemeinsam haben: Lea war in sie – *verliebt …!*

Justin Bieber?

Mr Wallace, ihr Englischlehrer? Also wirklich …

Pau presste die Lippen fest aufeinander, um nicht laut loszulachen.

»Nick Mehrbaum ist mein … Zahnarzt«, hauchte Lea in diesem Moment und wurde superrosa im Gesicht. »Also *fast* mein Zahnarzt. Er arbeitet bei meinem Kieferorthopäden als Arzt im Praktikum! Und er ist soooo süß, Ali! Oh. Mein. Gott …«

Da hatte Pau genug. Sie brauchte jetzt dringend frische Luft und musste hier raus. Sie sprang ruckartig auf.

Lea zuckte zusammen. »Musst du mich so erschrecken?« Sowohl das Herzensangelegenheitenbuch als auch ihr rosa Fineliner waren ihr aus der Hand gefallen.

Pau sah viele rosa Herzen um den Namen *Nick Mehrbaum* und lief schnaubend zur Tür.

»Wo willst du denn hin?«, erkundigte sich Ali gewohnheitsmäßig. Die Zwillinge fragten sich immer, wo sie hingingen, wenn sie allein loszogen. Wenigstens das funktionierte noch.

»Park, glaube ich«, nuschelte Pau. »Zum Dicken Mann –

vielleicht …« Sie war sich gar nicht sicher, wo sie hinsollte. Bloß weg hier.

Ali warf einen prüfenden Blick aus dem Fenster. Graue Wolken hingen am Himmel herum und sahen alles andere als gemütlich aus.

»Regnet bestimmt gleich.«

»Egal.« Pau hob die Schultern. Dann fiel ihr etwas ein. »Sag mal, sind dir in dem ganzen Umzugschaos hier eigentlich schon unsere Longboards begegnet?«

Ali nickte. »Im alten Gartenschuppen ganz hinten im Garten.« Ihr Blick verfinsterte sich wieder. »Da, wo auch meine Rosen rumstehen …«

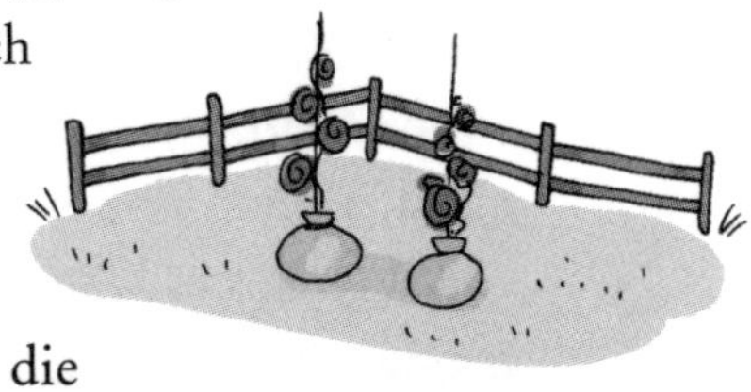

»Ah, okay«, murmelte Pau und verdrückte sich schnell, ehe Ali die Gelegenheit bekam, sich wieder aufzuregen – über ihre zurückgeschnittenen, herumstehenden Rosen, über Mäuse und Mäuseköttel im Haus, über Splitter im Holzboden, über herumstehende Umzugskartons, über Isabella, die dauernd nur unterwegs war, über Oma Hedias Koranstunden – und vor allem über Roschan, der sich lieber mit Mina herumtrieb, als seine Zeit mit Ali zu verbringen.

Pau vermisste manchmal die gemütliche Zweisamkeit, die früher zwischen ihnen geherrscht hatte, wenn die Zwillingsschwestern ganz selbstverständlich gemeinsam etwas unternahmen, solange Isabella unterwegs war.

Und wieder musste sie an das denken, was in diesem Zeitungsartikel über Zwillinge gestanden hatte. Dass diese praktisch immer einer Meinung waren, dass sie spürten, was die andere fühlte, dass sie – ohne ein Wort zu wechseln –

verstanden, was der andere meinte. (Es gab sogar Zwillinge, die an verschiedenen Enden der Welt aufgewachsen waren und sich ÜBERHAUPT NICHT KANNTEN und sich dennoch beide ungefähr zur selben Zeit einen Hund von derselben Rasse anschafften und ihn dann auch noch BEIDE meinetwegen Willy oder Dusty oder wie auch immer nannten!)

Pau warf Ali einen letzten, verstohlenen Blick zu, ehe sie hinunterging. Ja, so war es auch mal zwischen ihnen gewesen! Sie hatten alles geteilt und NIE über die Gedanken oder Gefühle der jeweils anderen gelacht!

Oh Mann, was war nur los in der letzten Zeit?

Mit einem wehmütig-sehnsüchtigen Gefühl irgendwo zwischen ihrem Herzen und ihrer Magengrube trottete Pau aus dem Haus, arbeitete sich durch den wilden Vorgarten zu ihrem Longboard und rollte dann mit einem befreiten Ausatmen die Straße hinunter.

Im Park war es tatsächlich windig und kühl. Pau fand es wider Erwarten angenehm, allein unterwegs zu sein und sich den Wind um die Ohren pfeifen zu lassen. Sie probierte ein paar Kickflips, aber ansonsten reichte es ihr, einfach Tempo zu machen und möglichst lange Strecken ohne Unterbrechung zu fahren.

Ihre hellen Haare hatte sie zu einem strubbeligen Dutt auf dem Hinterkopf hochgewurstelt und darüber ihre alte Baseballkappe gestülpt. Außerdem trug sie Alis Jeansjacke mit der aufgestickten rosa Rose an der Seite und darunter ihre Lieblings-Dreiviertel-Latzhose und ihr liebstes lila Shirt.

An den Füßen hatte sie einen schwarzen und einen pinken Chuck (die pinken gehörten Ali, so hatte sie wenigstens einen winzigen Teil von Ali bei sich).

Hier im Park, dem einzigen Stadtpark der gesamten Stadt, gab es den nördlichen Teil, den südlichen Teil und den westlichen Teil. Einen östlichen Teil gab es, warum auch immer, nicht.

Im nördlichen Teil war das absolute Highlight das *Klimperklimper,* in dem man wahnsinnig leckere Crêpes mit ALLEM Möglichen darauf bestellen konnte und außerdem das beste Spaghettieis der ganzen Stadt bekam. Hier waren die Zwillinge eigentlich Stammkunden.

Im südlichen Teil waren die besten asphaltierten Wege. Hier konnte man gut skaten oder Inliner fahren, aber hier residierte auch Glupschi-Johann, ein alter Mann ohne festen Wohnsitz, der gerne (sehr laut) wunderliche Dinge von sich gab und immer ein schmuddeliges Glupschistofftier (Papagei) mit sich herumtrug.

Im westlichen Teil war nichts Besonderes. Wenn man mal von *Dicker Mann* absah. *Dicker Mann* war eine alte, krumme, knorrige Eiche. Als Ali und Pau noch ganz klein gewesen waren, waren sie fest davon überzeugt gewesen, der Baum sei in Wahrheit kein Baum, sondern vielmehr ein dicker, verzauberter, grundguter Mann, der sehnlichst darauf wartete, dass ihn jemand entzaubern möge. Sie hatten ihm darum voller Liebe Zaubertränke aus allem Möglichem gebraut und feierlich um seine Wurzeln herum ins Gras geschüttet und einmal sogar einen Entzauberungstanz für ihn aufgeführt. Nichts hatte genützt. *Dicker Mann* war und blieb eine alte, dicke, krumme, knorrige Eiche.

Dennoch liebten die Mädchen ihn. Sogar heute saßen sie noch manchmal zusammen an seinen Stamm gelehnt und dachten an früher, als Oma Olga noch in Neustadt gewohnt und jeden Tag nach ihren Enkelinnen gesehen hatte.

»Es ist natürlich sehr, sehr *peinlich,* sich nach seiner OMA zu sehnen«, hatte Ali erst vor Kurzem leicht verlegen zu Pau gesagt, als sie beim Skateboarden im Park eine Pause bei *Dicker Mann* eingelegt hatten. »Es ist absolut nicht cool und wir würden es in der Öffentlichkeit niemals zugeben!«

Pau erreichte *Dicker Mann* in schneller Fahrt. Sie bremste ab, sprang vom Board und merkte erst viel zu spät, dass sie heute nicht allein an ihrem Lieblingsplatz war.

Hardy und Nase hingen da rum – so ein Mist!

Nase hatte, wie Pau wusste, ebenfalls eine tiefergehende Verbindung zu *Dicker Mann.* Er war als Kleinkind mal beim Klettern von ihm abgestürzt (allerdings nicht von schwindelerregend weit oben, aber es hatte gereicht …) und hatte sich die Nase gebrochen! *Zweifach!*

Trotz mehrerer Nasenkorrekturen verschoben sich Nasenknochen und Nasenscheidewand immer wieder (das wussten, warum auch immer, alle Neustädter) und gaben Nases Gesicht etwas Grimmig-Grausames. Nase war jetzt vierzehn, genau wie Hardy. Und obwohl Hardys Nase keinerlei Blessuren aufwies, war Hardy insgesamt mindestens so grimmig-grausam wie Nase.

Ali und Pau hielten es darum wie die meisten Neustädter: Sie gingen den beiden lieber aus dem Weg. So gut es eben ging. Und gerade ging es leider gar nicht gut.

»Igitt, wen haben wir denn da?«, rief Hardy augenblicklich hämisch und sprang von einem der untersten Äste von

Dicker Mann. Er landete direkt vor Pau, die wünschte, *Dicker Mann* wäre etwas mehr wie die *Peitschende Weide* aus Harry Potter. Dann hätte diese jetzt mit wild peitschenden Ästen um sich schlagen und Hardy und Nase vertreiben können. Aber *Dicker Mann* rührte sich natürlich nicht. Stattdessen ging Hardy in einem engen Kreis um sie herum.

Pau fühlte plötzlich ein flaues Gefühl im Bauch. Verstohlen schaute sie in alle Richtungen. UND JETZT? Es war bekannterweise nie gut, irgendwo mit diesen beiden Riesenidioten allein zu sein, so viel stand fest.

Keine Menschenseele zu sehen. Wo waren denn bloß all die nörglerischen Rentner mit ihren Dackeln an der Leine? Wo der smarte Eismann, der hier im Frühling und Sommer dauernd mit seinem Eiswagen seine Runden drehte? Wo die ewig joggenden Sport-Junkies?

Verdammt – KEINER DA! Pau sandte einen stummen Zwillingshilfeschrei an ihre Schwester. Warum, um alles in der Welt, schoss es ihr durch den Kopf, trainierte sie nicht schon seit Jahren Kickboxen oder einen anderen Furcht einflößenden Kampfsport? Dann hätte sie jetzt vielleicht eine Chance gehabt, sich mit einem lauten Kampfschrei den Weg freizuboxen …?

»Waaaa, ein Freak-Troll …«, grinste Nase und rümpfte selbige, was sie noch krummer erscheinen ließ, als sie es sowieso schon war. »Sag mal, Troll, bist du ein Männlein oder ein Weiblein?«

Immer noch war es Nase, der plapperte. Der andere Hirni ging dafür immer noch Kreise um sie herum.

»Lasst mich gefälligst vorbei«, sagte Pau ärgerlich. Sie

schaffte es, ihr Board hochzukicken, und klemmte es sich unter den Arm.

»Klappe, du Wicht.« Nase spuckte ins Gras. »Wir entscheiden, wann wir dich durchlassen, klar?«

Pau schwieg. Sie dachte an ihr Handy, das zu Hause in ihrem Zimmer auf dem Nachttisch lag. Da lag es gut! Andererseits, was würde es ihr jetzt gerade nützen? Nase und Hardy würden vermutlich nicht friedlich dabei zusehen, wie sie sich Hilfe herbeitelefonierte.

»Wenn sie Dingsbums hat, ist sie ein Mädchen«, sagte Nase feixend.

»Dingsbums?«, wiederholte Hardy und blieb stehen.

Nase lachte. »Klar – *Dingsbums …*«

Er formte mit seinen Händen zwei Halbkugeln vor seinem Oberkörper.

Verdammt! Was sollte denn das?

Pau erstarrte. Sie spürte, dass sie vor wütendem Entsetzen und entsetzter Wut von einer Sekunde zur nächsten völlig bewegungsunfähig wurde. Nicht mal richtig denken konnte sie. Sie stand da wie angewurzelt, eingekeilt zwischen Nase und Hardy, und starrte Nase ins Gesicht.

»Ich wette, sie ist ein Mädchen«, ätzte Hardy. »Sie sieht alles in allem … *mädchenhaft* aus. Pützipützi … Stupsnase und so …«

Er begann wieder, Kreise zu ziehen. »… aber viel *Dingsbums* sehe ich da nicht …«

Plötzlich hörte Pau hinter sich zuerst eine schrille Fahrradklingel dauerklingeln und dann einen gellenden Ruf: »Eeey!!!«

Die Stimme kam ihr bekannt vor. Erleichtert fuhr sie herum und löste sich aus dieser merkwürdigen, eisigen Erstarrung, in die sie gefallen war.

»Alles klar, Pau? Warte – ich komme!«

Darius??? – Konnte das wirklich Darius sein, der da auf seinem Rennrad, das er mal nur so zum Spaß aus einem Berg ausrangierter Schrottteile komplett selbst zusammengebaut hatte, angerast kam wie eine Furie?

Plötzlich spürte Pau eine Flut Tränen in ihren Augen brennen. Dabei weinte sie sonst so gut wie nie, verdammt!

Nase und Hardy wechselten einen kurzen Blick und drängten Pau vorsichtshalber noch dichter an *Dicker Mann.* Hardy gab jetzt seine Lauerhaltung auf und packte Pau vorne am T-Shirt, aber Pau – Gott sei dank nicht mehr völlig gelähmt vor Angst – versetzte ihm einen mittelgeschickten Hieb mit ihrem Longboard.

»D… Darius …«, stotterte sie erleichtert. Ihre Stimme klang wackelig und heiser und irgendwie fast fremd.

Darius bremste unmittelbar vor der kleinen Gruppe scharf ab, Kieselsteinchen und Eichelkappen flogen auf und trafen sie, Hardy und Nase überall – wie beinhartes Konfetti, aber das war nicht schlimm. Hauptsache, er war da und half ihr aus der Patsche!

7
Quadratzahlen und Fausthiebe

»Was soll denn das? – Lasst sie gefälligst durch …«

Darius sprang vom Rad, pfefferte es achtlos in die Wiese, und starrte Nase und Hardy wütend an.

»Haben sie dir was … getan?«, wandte er sich besorgt an Pau. Er wollte schützend nach ihrem Arm greifen, aber Nase schubste ihn zur Seite.

»Hau besser ab, du Spacko«, setzte er hinzu und spuckte neben Darius ins Gras.

»He!« Darius trat einen Schritt vor und wieder zurück und wieder vor. Er biss sich auf die Lippen und bekam sein Schrankgesicht (das war sein Gesichtsausdruck, wenn ihm alles zu viel wurde. Früher war er in solchen Momenten in den Kleiderschrank gestiegen, hatte von innen die Tür hinter sich zugezogen – und es konnte vorkommen, dass er sich mehrere Stunden weigerte, wieder ins normale Leben zurückzukommen …).

»Brat ihm eine über, Hardy«, befahl Nase mürrisch.

»Lasst uns, verdammt noch mal, in Ruhe!«

Pau hatte im Angesicht von Darius ihre Sprache wiedergefunden, aber Hardy hatte ihren Stiefbruder bereits gepackt.

»Worauf wartest du, Idiot?«, schnauzte Nase und rempelte seinen Kumpel an. *»Brat ihm eine über, hab ich gesagt!«*

»Äh … Sein Alter hat mir neulich erst das Rad repariert …«, nuschelte Hardy unschlüssig.

»Ist doch bockshitscheißegal, oder?« Nase zog geräuschvoll die Nase hoch. Es klang verächtlich. »Vergessen, dass sein Alter ein verdammter Kanacke ist? Die nerven nur …«

Darius war zusammengezuckt bei diesen Worten. Plötzlich ballte er trotz Schrankgesicht die Fäuste.

»Nicht …«, hauchte Pau bei seinem Anblick erschrocken. Jetzt war sie es, die nach Darius' Arm greifen wollte, aber sie griff bereits ins Leere.

»… die Quadratwurzel einer Zahl ergibt mit sich selbst multipliziert wieder die Zahl …«, stotterte Darius und …

BAAFFFFFFF … Mit geballter Zitterfaust hatte er Nase mitten ins Gesicht getroffen. Der taumelte überrumpelt, fing sich aber gleich wieder.

»Heeeeee!«, brüllte Nase außer sich vor Wut. »Hast du sie noch alle, du stinkender Knoblauchfresser?«

Er holte aus und schlug ebenfalls zu, aber Darius hatte die Reichweite einkalkuliert und ließ sich blitzschnell zur Seite fallen.

»… die Wurzel aus, äh, 1 704 ist … 41,27 …«

Er rollte über das Gras und rappelte sich wieder auf.

»Dich mach ich so was von fertig! Scheißtürke! Flüchtling! Schmarotzer!« Nases Stimme klang gefährlich. »Erst dich und dann diesen Troll, bei dem man nicht weiß, ob er Männlein oder Weiblein ist … Los, Hardy!«

»… 4 523 geteilt durch 73 ergibt …«, rief Darius wild und spannte jeden Muskel seines Körpers. Pau sah, dass er erstens auf einmal erstaunlich viel Ähnlichkeit mit Roschan hatte und dass er zweitens am ganzen Körper zitterte. Instinktiv hatte sie das Longboard gehoben, jederzeit bereit, es zur Verteidigung von Darius einzusetzen.

»… 61,95 …« Darius hatte sich auf Nase gestürzt.

»Schnapp … dir … die … Kleine …«, ächzte Nase, während er vergeblich versuchte, unter Darius freizukommen.

Hardy knurrte böse, aber Paus Wut hatte die Angst verscheucht. Seit Darius aufgetaucht war, war sie – warum auch immer – wieder sie selbst! (Außerdem: Was hatte Isabella ihnen von klein auf beigebracht? *SELBST IST DIE FRAU!* – Na also!)

»Wag es, mich anzurühren!«, brüllte sie Hardy an und holte mit ihrem Longboard aus. Es krachte gegen seinen Oberkörper. Das wäre ja noch schöner, wenn diese beiden Idioten ohne Kratzer davonkommen würden!

»Verdammte Scheiße …«, fluchte Hardy sauer und wich ein paar Zentimeter zurück.

»WAS IST DENN HIER LOS? JA, SEID IHR DENN VON ALLEN GUTEN GEISTERN VERLASSEN?«

Glupschi-Johann kam über die Wiese gehechtet, so schnell er es eben schaffte. Er drohte Nase und Hardy schon von Weitem mit erhobener Faust.

»WAS HABT IHR MIT DEM *GUTEN* JUNGEN ANGESTELLT?«

Er zeigte mit bebendem Finger auf Darius, dem Blut aus der Nase tropfte. »Ist alles in Ordnung, mein Lieber?« Er zog Darius von Nase herunter und stellte sich zwischen beide.

Darius zitterte, während Nase sich aufrappelte.

»Der Arsch hat ja wohl angefangen«, fluchte er und warf aus sicherem Abstand wütende Blicke in die Runde. »Ich und mein Kumpel wollten hier bloß 'ne Runde chillen, da kam der Spacko hier an und …«

»DAS GLAUBST DU JA WOHL SELBST NICHT, NASE«, donnerte Glupschi-Johann und hüllte sie alle mit seinem Schnapsatem ein. Er packte Hardy am Arm und beutelte ihn wie eine Kanalratte. Erstaunlich, wie viel Kraft in dem alten Mann noch schlummerte, stellte Pau beeindruckt fest.

»UND JETZT ZIEHT LEINE, IHR UNVERSCHÄMTEN LÜMMEL, EHE ICH MICH VERGESSE UND VERSEHENTLICH MUS AUS EUCH MACHE!«

Schwer atmend drehte er sich zu Pau und Darius um, während Nase und Hardy schnaubend den Rückzug antraten.

»Und ihr beide flitzt jetzt besser nach Hause.«

Er deutete auf Darius' blutige Nase. »Da muss ein kalter Lappen drauf, sonst schwillt's an, mein Junge …« Langsam verwandelte er sich zurück in den wunderlichen, aber harmlosen Glupschi-Johann. Er zwinkerte Pau zu. »Na, du buntes Frollein Skateboard! Du bist ja nicht von schlechten Eltern! Bist nur so'n halbes Portiönchen, hast dafür aber 'ne Masse Mumm in den Knochen! Du wirst es mal weit bringen, da bin ich mir sicher …«

Zum Schluss hob er eine seiner großen Hände und tätschelte einen Moment unbeholfen Darius' Schulter. »Hut ab auch vor dir, mein lieber Knabe, wie du dich raufen kannst, wenn's wirklich mal drauf ankommt! – Ach, ach, ach …«

Er zog seine zittrige Riesenhand wieder zurück und kraulte nun stattdessen dem schmuddeligen Glupschi-Papagei, den er immer mit sich herumtrug, den strubbeligroten Papageienkamm.

»ACH, ACH, ACH …« Seine Stimme schwoll schon wieder an.

»… WELCH VERBRECHEN! WELCH EIN FREVEL!
ACH, VOR SCHRECKEN UND VOR ZAGEN
FÜHL ICH ALLE PULSE SCHLAGEN!
SOLL ICH BLEIBEN, SOLL ICH FLIEHN?«, schmetterte er los. Oft, wenn er sich aufgeregt hatte, rettete er sich in die alten Opernarien, die er vor vielen, vielen Jahren mal auf großen Bühnen gesungen hatte.

»KENNT IHR DAS?«, rief er Darius und Pau noch zu, während er bereits weiterwanderte. Er schwang eine geballte Faust durch die Luft. »IST AUS DON GIOVANNI VOM GUTEN ALTEN WOLFGANG AMADEUS! – ACH, ACH, ACH …« Er verschwand singend hinter ein paar Bäumen jenseits einer kleinen Lichtung.

Darius und Pau sahen sich an.

»Puh … Gut, dass du gekommen bist«, sagte Pau leise. Sie fühlte sich auf einmal schwer wie Blei.

Darius starrte sie nur an. Er hatte noch kein Wort gesagt.

»Ist … ist mit dir alles okay?«, hakte Pau nach.

Darius schwieg immer noch. Seine Nase schwoll bereits an und sein Gesicht war voller Blut und Schrammen. Pau wusste, dass das meiste nur Nasenblutenblut war, aber es sah trotzdem furchtbar aus. Darius insgesamt sah furchtbar aus. Weiß im Gesicht, wo es nicht blutverschmiert war, mit weit aufgerissenen Augen und einem abwesenden Blick. Mit seiner rechten Hand rieb er sich die Knöchel der linken.

»Tut's weh?«

»… die Wurzel aus 5 233 ist, äh, 72,33«, murmelte er. »Und die Wurzel aus 8 922 ist … 94,45!«

»Darius?«

Pau hatte sein Rennrad Marke Eigenbau hochgehoben und hielt es ihm hin. Als Nächstes schnappte sie sich ihr eigenes Board, das rücklings auf dem Boden lag. Besorgt checkte sie die Rollen.

»Hm?«

»Bist du wirklich okay? Ich meine – wenigstens einigermaßen?«

»Hm«, machte Darius wieder. Sie liefen nebeneinander durch den Park Richtung neuem Zuhause und Pau erzählte Darius, wie der ganze Ärger mit Nase und Hardy angefangen hatte. Mit dem Männlein-Weiblein-Gefasel von Nase und dem Freaktroll und überhaupt. Und weil sie sowieso schon dabei war, erzählte sie auch die Geschichte von *Dicker Mann* und all den Sachen, die Ali und sie früher unternommen hatten, um den magischen Baum zu entzaubern. Sie redete sich richtig in Fahrt und merkte es auch, aber es kam schließlich nicht alle Tage vor, dass man in eine Schlägerei verwickelt wurde! So was machte einen nervös, anders konnte man es nicht nennen! Darius ging neben ihr her und schwieg immer noch beharrlich. Ob er überhaupt zuhörte? Pau sah, dass er hin und wieder nach seiner Nase tastete. Ob sie schlimm wehtat? Warum sagte er denn nichts?

»Äh, Darius?«, sagte Pau schließlich vorsichtig, aber Darius gab immer noch keine Antwort. War er womöglich schon längst wieder in seine komisch-stille Welt aus Zahlen abgedriftet? Während sie hier redete und redete und sich alle Mühe gab, nach dem ganzen Schlamassel ein Gespräch in Gang zu bringen, rechnete er vielleicht bereits wieder an seltsamen Zahlenungetümen herum.

Er war echt der stillste und eigentümlichste Mensch, dem Pau je begegnet war. Okay, auch der klügste, aber er konnte einen schon manchmal auf die Palme bringen! Er wusste zwar, wie ein Gehirn funktionierte, dass die Hymne des US-Bundesstaates Maryland zur Melodie des Weihnachtsliedes »O Tannenbaum« gesungen wurde, dass eine Krake drei Herzen und die Seidenspinnerraupe sage und schreibe elf Gehirne hat, und eben alles andere, was er mal rein zufällig irgendwo gelesen, gehört oder aufgeschnappt hatte (da er NIE etwas vergaß), aber so Alltägliches wie das normale Leben war eben nicht sein Ding.

Pau hatte sich mit Darius' Schweigen bereits wieder so gut wie abgefunden und trottete neben ihm her, als er plötzlich losredete. Pau hob verwirrt den Kopf.

Zuerst stotterte er nur: »Ich ... äh ... ich w-wusste gar nicht, dass ich ... das – kann ...«

Dann hielt er inne, verzog das Gesicht – und tastete erneut nach seiner geschwollenen Nase.

Okay, ein Satz, der ... was auch immer bedeutete, dachte Pau, aber Darius war noch nicht fertig.

»... mich, äh, schlagen, meine ich«, fuhr er über alle Maßen gesprächig, aber vor allem für seine Verhältnisse verwirrt, fort und schüttelte dabei den Kopf über sich selbst. »Davor hatte ich nämlich bisher immer eine, nun ja, Heidenangst, wenn du es genau wissen willst ...«

Er warf Pau einen verlegenen Blick zu, aber ehe sie etwas dazu sagen konnte, redete er schon weiter.

»... es war widerlich, keine Frage! Nicht nur meine ... Nase brennt jetzt wie – Feuer! Auch die Knöchel meiner rechten Hand tun höllisch weh – und ich ... ich musste Körperkontakt mit diesem verschwitzen, ekligen Typen haben! Ich – ich – ich hab's nur gemacht, damit du nicht ... Damit sie dir nicht ... Ich meine ...«

Er fuhr sich durch die zerzausten schwarzen Haare, in denen noch ein paar kleine, knittrige Blättchen und ein winziger Zweig hingen. Pau hätte das alles gerne herausgezupft, aber irgendwie ... traute sie sich nicht.

»... Mann, Pau, ich hatte – echt ... Angst um dich ...«

Jetzt tat sie es doch. Sie wuschelte die kleinen Knitterblättchen aus Darius' Haaren. Auch der winzige Zweig war jetzt weg.

»Oh, äh, danke ...«, murmelte Darius abgelenkt. Und dann redete er tatsächlich immer noch weiter. Pau konnte es kaum glauben.

»... aber jetzt – Riesenmist: Matheolympiade verpasst! Das bedeutet, mein Titel ist futsch! So ist das mit mir: Ich bin der geborene Verlierer! Alles geht immer schief! Irgendwas in meinem Kopf ist auf ... ewiger Loser eingestellt. Ich begreif's ja selbst nicht: Roschan ist intakt – ich dagegen bin voll die Null, wenn du verstehst, was ich meine ...«

Er warf Pau einen nervösen Blick zu – sie hatten die Rosmerthastraße erreicht.

»Sorry, dass ich dich so vollquatsche«, bremste er sich plötzlich verlegen selber aus und wurde leicht rosa im blutverschmierten Gesicht. »H-Hauptsache, d-dir ist n-nichts passiert, Pau ... Echt ...«

Kopfschüttelnd schloss er die Tür zur *Bruchbude* auf und nebeneinander stolperten sie ins Haus – gerade als es hinter ihnen anfing, wie verrückt zu schütten.

8
Unicorn Froot Loops mit Gummibärchen?

»Ähm – Darius?« Pau, die spürte, dass ihr der Schreck über den Vorfall im Park immer noch in den Knochen steckte, suchte krampfhaft nach etwas, was sie und Darius jetzt aufmuntern könnte. Gleichzeitig gab sie der alten Tür hinter sich einen Schubs mit dem Fuß. Und klappernd tat die, was sie sollte, und fiel ins Schloss.

Zuerst musste Darius sich natürlich das Gesicht waschen, aber danach …? Eine lustige DVD vielleicht? Eine Runde *Siedler von Catan*? Spaghetti kochen? Einen Kalten Hund zubereiten? Oder Kichererbsen mit Zuckerguss?

Aber Darius schüttelte zu allen Vorschlägen, die Pau einfielen, den Kopf.

»… will jetzt lieber … äh … allein sein, echt«, nuschelte er, plötzlich wieder sehr einsilbig, und trat von einem Fuß auf den anderen.

Auf einmal schoss Pau ein schrecklicher Gedanke durch den Kopf. Oh nein, Darius spielte doch hoffentlich nicht insgeheim mit dem idiotischen Gedanken, sich mal wieder für die nächsten Stunden in seinem alten Kleiderschrank zu verkriechen?

Krampfhaft versuchte Pau aus diesem Grund, Darius irgendwie aufzuheitern, aber er winkte bloß ab. »Titel nicht verteidigt, schlecht für die Wertung …«, murmelte er kreuzunglücklich und mit zusammengebissenen Zähnen. Und:

»… Roschan hätte das im Park viel besser hinbekommen als ich …« Und: »Mir kam dann ja doch Glupschi-Johann zu Hilfe …«

Pau zuckte mit den Schultern. »Oh Mann, Darius«, murmelte sie matt. Dann fiel ihr noch etwas ein. »Wir könnten auch *Good Will Hunting* zusammen gucken?« (Das war einer von Darius' Lieblingsfilmen – klar, er handelte von einem Mathe-Genie und Darius hatte ihn schon so oft gesehen, dass die DVD an mehreren Stellen sprang – und normalerweise hatte nie einer von ihnen Lust, den Film mit ihm anzuschauen!)

Aber heute schüttelte er nur den Kopf.

»Oder *A Beautiful Mind?«* (Handelte auch von einem Mathe-Genie – wenn auch einem ziemlich durchgedrehten! Darius verehrte ihn geradezu – den irren Mathematiker und den Film!)

Dennoch schüttelte er auch dazu den lockigen Kopf und schlurfte mit hängenden Schultern in Richtung seines Harry-Potter-Minizimmers und Pau konnte nichts dagegen tun.

Verdammt, Pau wollte jetzt echt nicht allein sein!

»Ali, seid ihr da oben?«, rief sie probeweise von der untersten Treppenstufe aus und als sich nichts rührte, stapfte sie doch die Treppe hinauf, lauschte kurz an Darius' Zimmertür (nichts!) und suchte Ali.

Aber an Alis Zimmertür klebte ein gelber Post-it.

> Sind zu Lea gefahren – probieren ihre neue Karaoke-Anlage aus! Warte nicht auf mich! Ich schlafe dort (Mama hat's erlaubt!) Ali

»Wie bescheuert ist das denn …?«, murmelte Pau und trat unschlüssig von einem Bein aufs andere.

Roschan war immer noch mit Mina und Isi unterwegs.

Darius hatte sich in seinem Zimmer verbarrikadiert und gerade flossen leise *Die langsamen Töne des Herbstes* aus den Vier Jahreszeiten von *Vivaldi* durch die Tür, die er häufig einschaltete, wenn er mies drauf war.

Isabella steckte im Rathaus in einer Sitzung – wie so oft.

Und Ibrahim werkelte natürlich zusammen mit Yussuf, dem Guten, im Radhaus – auch wie so oft. Ob sie dort vielleicht vorbeischauen sollte? Das hatten sie und Darius in der letzten Zeit ein paarmal getan. So war auch Darius' selbst zusammengeschraubtes, nachhaltiges Rennrad entstanden. Ibrahim hatte versucht, sie ebenfalls dazu zu überreden, sich ein Rad zusammenzubasteln, aber dazu hatte Pau keine Lust gehabt. Stattdessen hatte Ibrahim angefangen, ihr die ersten Lektionen im Harfespielen zu geben, was ihn beglückte, weil er Harfespielen über alles liebte und sich weder Roschan noch Darius etwas daraus machten. Und Pau stellte ziemlich schnell fest, dass sie das Harfespielen ebenfalls liebte. Verrückt, dass sie vielleicht niemals darauf gekommen wäre, wenn Ibrahim nicht im letzten Jahr in ihr Leben geplatzt wäre … Aber heute würde Ibrahim keine Zeit für eine Zwischendurchharfestunde haben, denn er hatte schon am Morgen gestöhnt, dass sich die Räder wie so oft zur Frühsommerinspektion bei ihnen stapelten.

Eine Sekunde überlegte Pau, ob sie sich vielleicht die Mühe machen sollte, eine Nachricht an ihren Vater zu schicken. Aber das war natürlich eine völlig idiotische Idee. Lars Schmidthuber würde sowieso nur zurückschreiben: *Sorry, Schatz – habe leider überhaupt keine Zeit …* Oder etwas Ähnliches (ob er sich diese Antworten wohl der Einfachheit halber in sein Handy eingespeichert hatte, damit er sie mit einem Knopfdruck abfeuern konnte, wenn Ali oder sie etwas von ihm wollten?).

Draußen war der Himmel voller grauer Wolken, es goss wie aus Eimern. Pau tigerte unruhig durch das verlassene Haus. Die Diele still und stumm, die Tür zum Wohnzimmer geschlossen. Pau schob sie auf und achtete dabei darauf, die lose Klinke nicht versehentlich aus der Verankerung zu ziehen.

Wozu war das denn gut, so eine große, ziemlich anstrengende Familie zu haben, wenn dann doch nie jemand da war, wenn man sie oder ihn brauchte?

Sollte sie sich einen Gute-Laune-Tee kochen (den hatte Oma Olga vergangene Woche von Mallorca geschickt)? Oder eine dieser beknackten Reality-Soaps im TV schauen (dazu konnte sie Ali manchmal überreden)? Oder vielleicht eine Portion Unicorn Froot Loops (mit Gummibärchen) aus ihren geheimen Vorräten essen?

Wenn sie wenigstens noch in ihrer gemütlichen, alten Altstadtdachwohnung gewesen wäre – da läge jetzt Runtervomsofa schnurrend auf dem Sofa oder in einer warmen Kuhle in Alis Sitzsack. Aber seit sie in dem neuen Haus wohnten, war die Katze andauernd außerhäusig unterwegs (vielleicht floh sie vor den Mäusen im Haus …? Zuzutrauen wäre es ihr!).

Plötzlich hörte Pau Stimmen. Und dann öffnete sich im Obergeschoss mit einem Knarren Oma Hedias Zimmertür.

Pau spähte durch die schnörkeligen Treppengeländersprossen nach oben. Und Oma Hedia beugte sich zeitgleich übers Geländer und spähte seltsam detektivisch nach unten. Ihre Blicke trafen sich.

»Ach, du bist das!« Oma Hedia atmete erleichtert auf. »Wir hörten schleichende Schritte ... Uiuiui ...«

Sie schaute über ihre Schulter hinter sich. »Mayla, Amira, alles in Ordnung!«

Sie fügte noch etwas Persisches hinzu und lachte. Zwei erleichterte Kopftuchmädchengesichter tauchten im Türrahmen auf.

»Keine Angst! Kein Einbrecher!« Wieder lachte Oma Hedia.

Pau atmete ebenfalls auf. – Ach ja, Oma Hedia und ihre Mädchenkoranstunde hatte sie völlig vergessen! Gott sei dank, sie war also doch nicht völlig allein in dem alles andere als behaglichen Haus (einundzwanzig unausgeräumte Kisten standen immer noch herum – Pau hatte sie beim Herumtigern gezählt). Sie ging ein paar Treppenstufen hoch.

Oma Hedia wollte gerade zurück in ihr Zimmer gehen, als sie sich noch einmal umdrehte.

»Äh, Paulina?«

Pau war einen Moment verwirrt. Fast nie nannte jemand sie bei ihrem vollen Namen. Sogar die Lehrer in der Schule sagten seit Jahren nur *Pau* zu ihr.

»J... ja?«

»Warum ziehst du trauriges Gesicht?«

»Ich ziehe doch kein trauriges Gesicht.«

»Doch, doch, machst du.«

Pau schnitt eine Grimasse und versuchte (vergeblich), heiterer zu schauen. Sie nahm noch ein paar Treppenstufen nach oben.

»Komm mit uns«, schlug Oma Hedia vor. Sie deutete in ihr Zimmer. Dort sah es, keine Frage, schon gemütlicher aus als im Rest des Hauses. Keine unausgepackten Kisten, kein Chaos.

»Ach, ich weiß nicht …«, sagte Pau dennoch zögernd.

»Man weiß nicht immer, was gut ist, mein Kätzchen.«

»Nein, aber … das geht doch nicht. Ich will … nicht stören … Und so …«, beharrte Pau zögernd. Sie schaute Mayla und Amira an, die beide trotz ihrer Kopftücher irgendwie nett aussahen. Viel netter jedenfalls als Lea mit ihrem Herzensangelegenheitenbuch und ihrer neu entflammten Liebe zu einem *Zahnarzt!*

»Doch, doch. Geht. Störst nicht«, beharrte Oma Hedia und stand in ihrer üblichen entnervenden Art wie ein gebieterischer (und verschleierter) Sultan in der Türöffnung. Aber komischerweise fand Pau sie auf einmal gar nicht mehr so nervig.

»Okay«, sagte sie darum leise und löste sich vom obersten Treppenabsatz. Nach dem Mist mit Nase und Hardy konnte sie ein bisschen nette Gesellschaft in Verbindung mit persischem Gebäck und süßem Tee gut gebrauchen.

9
Herzensangelegenheiten

»Nein! Nein! Nein!«

Isabella regte sich natürlich auf.

Unnötig zu erwähnen, dass es immer noch goss wie aus Eimern. Der Himmel war mittlerweile rabenschwarz, aber das störte den Dauerregen nicht die Bohne.

»Okay, Pau ist eben … äh … übergeschnappt«, kommentierte Roschan und streckte sich. »Könnten wir trotzdem mal über *morgen* reden? Morgen ist nämlich ein *verdammt wichtig*er Tag für mich …«

Er wedelte mit seinem Handy.

»Roschan, nun lass das doch mal!«, unterbrach ihn Ibrahim ärgerlich. Er stand mit völlig zerstrubbelten Haaren (vom nervösen darin Herumraufen) mitten im Wohnzimmer und versuchte vergeblich, auf der einen Seite die aufgeregte Isabella zu beruhigen und auf der anderen Seite die aufgebrachte Oma Hedia wieder in den Griff zu kriegen, die sich über Isabella empörte.

»Schreien und Aufregen sehr schlecht für Baby!«, rief die nämlich schon zum dritten Mal vorwurfsvoll. »In meinem Dorf in Persien, ein Baby litt an schweren Koliken, MONATELANG, weil Mutter in Schwangerschaft immer aufregte und schrie und klagte!«

»Herrje, Mutter, *bitte!«*, fuhr Ibrahim nun auch seine Mutter an. »Verschon uns mit deinen verrückten Geschichten aus Abyaneh! Du bist schließlich *schuld* an dem ganzen Schlamassel!«

Oma Hedia schnaubte empört durch die Nase wie ein gereizter Drache. »Schuld? Ich? Pah! So ein Unsinn!«

Sie fuchtelte verärgert mit ein paar langstieligen Plastikrosen (rot mit goldglitzernden Blütenrändern) herum, die sie gerade auf dem Wohnzimmertisch hatte drapieren wollen, als der Ärger losgebrochen war.

»Mann, Paps, das ist morgen ein verdammt wichtiger Tag für mich«, fing Roschan wieder an. »ECHT jetzt! Ich habe dir doch extra vorhin eine Nachricht deswegen geschickt: Der Fernsehsender wird vorbeikommen, um mich zu interviewen und ...«

»ROSCHAN AL BAZI! Schluss!« Ibrahim fuhr herum. »Morgen wird KEIN idiotischer Privatsender hierherkommen, um irgendjemanden zu INTERVIEWEN! Wir sind doch keine Zootiere – also wirklich!«

»Jetzt hör mir doch mal zu ...« Roschans Blick war genauso verbissen wie Ibrahims. »Die wollen ein Interview mit mir machen wegen meines Youtube-Kanals. Und außerdem ein paar Filmaufnahmen. Von meinem Zimmer und so ... Und darum ist es wirklich wichtig, dass ...«

»Roschan, ich streiche dir dein Taschengeld bis zum Abitur, wenn du jetzt nicht endlich Ruhe gibst!«, unterbrach ihn Ibrahim wütend und mit lauter Stimme.

»Zum Teufel, ich habe es satt, hier beschimpft zu werden, nur weil die da ...« Er deutete auf Pau. »... ein Rad ab hat!«

Er sprang auf. »Macht das mal ohne mich! – Khoda hafez, Irrenhaus!«

Er drehte sich noch mal um. »Für alle Uneingeweihten: *Khoda hafez* heißt Tschüss!«

Er drehte sich ein weiteres Mal um. »Und auf lumpiges Taschengeld verzichte ich übrigens gerne! Der idiotische Privatsender zahlt mir allein morgen dreihundert Euro! Also: RÄUMT DIE BUDE AUF! Mehr will ich gar nicht von euch. Das wird ja wohl nicht so schwer sein!«

Als Roschan die Tür hinter sich zuschlug, polterte mal wieder die Türklinke zu Boden.

»Nein! Nein! Nein!«, hörte er Isabella erneut aufschreien (und es war klar, dass sie nicht die kaputte, schnörkelige Türklinke meinte!).

»O Mann, Mama«, seufzte Pau drinnen im Wohnzimmer ein weiteres Mal. Roschan stand erschöpft direkt hinter der Tür und lauschte noch für einen Moment dem Gespräch.

»Nun mach doch – bitte – nicht so ein Drama daraus ...«

Roschan auf seinem Lauscherposten schnaubte sarkastisch auf und schob sich ärgerlich die schwarzen Locken hinter die Ohren. Das hätte er echt nicht von Pau erwartet und wenn sie ihm ausgerechnet heute nicht so die Show gestohlen hätte, dann hätte er sich ja vielleicht ... irgendwie für sie (und ihre komische Idee) eingesetzt! Aber jetzt musste er einfach auch mal an sich denken, denn sonst würden die drei Irren (denn außer ihm waren *sämtliche* Zwillinge dieses Hauses ganz eindeutig irre!) mit ihren Dramen immer die Themen in der *Bruchbude* bestimmen. Diese Familie war das reinste Chaos mit ihren Pseudokatastrophen!

»ICH mache ein Drama?« Die Diskussion im kargen Wohnzimmer (mit sieben noch herumstehenden Kisten) ging unterdessen munter weiter.

Isabella schnappte empört nach Luft. »Schau dich doch mal bitte an!«

»Und *ich* habe *schuld?* Schuld WORAN?«, mischte sich Oma Hedia wieder ins Gespräch ein. Ihre Stimme klang mindestens so empört wie Isabellas.

Sie stopfte die schaurigen rotgoldenen Plastikrosen in eine schwere, geschliffene Glasvase und knallte das Arrangement in die Mitte des Esstisches. Ihre Augen funkelten gefährlich. Dann schwankte sie leicht hin und her und griff sich an die Brust, aber keiner reagierte darauf.

Darius, der eigentlich auf dem Laptop nach Neuigkeiten auf seiner Matheclub-Seite schauen wollte, hob den Kopf. Ibrahim hatte sich gerade geräuspert. Dazu drückte er mit einer Faust die Knöchel der anderen Hand und wiederholte dieses Knack-Knack-Gruselgeknacke anschließend mit der anderen Faust. Darius runzelte die Stirn. Oh, oh, diese Vorboten kannte er nur zu gut: Normalerweise war Ibrahim ja ein ruhiger, umgänglicher und sehr demokratisch agierender Mensch, aber hin und wieder … Also, wenn ihm etwas *wirklich* gehörig gegen den Strich ging, dann konnte er auch mal mit einem sogenannten MACHTWORT Fakten schaffen. Davon konnten seine Söhne ein Lied singen. Und immer, wenn so ein Donnerwetter bevorstand, gab es vorher eindeutige Indizien: zuerst ein langer, nachdenklicher Blick in die Ferne, dann ein dezent ratloses Räuspern, gefolgt von nervösem Faustknöchelknacken (was er auch vor dem Harfeüben gerne fabrizierte – aber da war es völlig harmlos …), und dann …

Exakt, da war es auch schon: das Aneinanderstellen aller seiner Finger, also Daumen an Daumen, Zeigefinger an Zeigefinger und so weiter.

Darius starrte seinen Paps besorgt an. Er würde doch hoffentlich kein Donnerwetter in Paus Richtung vom Stapel lassen? Was, wenn daran die (gerade erst neu-) zusammengewürfelte Familie ... nun ja ... *zerbrechen* würde? Darius wollte nie wieder ohne Pau sein! Und, wenn er ehrlich war, auch nicht ohne ISABELLA! Es war ein gutes, heiles Gefühl, eine ... *Mutter* im Haus zu haben (auch wenn es streng genommen nur eine *Stiefmutter* war. Und dann das Baby! Frauen konnten Babys natürlich auch allein großziehen, das war ja klar! Aber *dieses* Baby war auch ... SEIN Baby! Also, auf gewisse Weise eben. Familiär gesehen!).

»Paps, äh ...?«, fragte er darum leise.

Aber es war zu spät. Ibrahim war nicht mehr zu bremsen.

»So, ich glaube, es ist Zeit, mal ein paar Dinge klarzustellen!«

Seine Stimme klang aufgebracht. »Zuerst zu Roschan, der sich ja schon aus dem Staub gemacht hat: Ich möchte unbedingt VORHER gefragt werden, bevor man mir solche Schundsender und andere IDIOTEN ins Haus schleppt!«

Für diesen Teil der Dinge, die er klarstellen wollte, hatte er extra die Wohnzimmertür aufgerissen, sich draußen ans Treppengeländer gelehnt und lauthals nach oben gerufen. Für den nächsten Teil der Dinge, die er klarstellen wollte, stampfte er wieder ins Wohnzimmer zurück.

Seine Hand (mit der Türklinke darin, die er auf dem Weg vom Boden geklaubt hatte) schoss in der Luft herum wie eine Rakete. »Und jetzt zu diesen *Horrorteilen* da ...«

Er deutete mit der Klinke schnaufend auf Oma Hedias langstielige Plastikrosen. »... verbitte ich mir ebenfalls! – Mutter, schmeiß diese Gruselteile weg!«

Oma Hedia keuchte entsetzt auf. »Diese Blumen aus Teheran! Aus HEIMAT! Sind *wunderschön!*«, knurrte sie, riss die Vase vom Tisch und drückte sie kämpferisch gegen ihren mächtigen Busen.

Ibrahim fuchtelte weiter mit der Schnörkelklinke herum. »Und jetzt zu dir, Pau ... Ich mag dich *sehr*, das weißt du! Aber ...«

Er holte tief Luft. »... was zu weit geht, geht zu weit!«

Er deutete auf Paus Kopf. »Und DAS HIER geht eindeutig zu weit! Du bist doch ein kluges, modernes, weltoffenes Mädchen – herrje ...! Und darum VERBIETE ich derlei Unsinn in unseren vier Wänden!«

Pau verdrehte die Augen und Darius schaute prüfend zu Isabella hinüber. Durfte sein Paps so mit Pau reden? Würde sie Ibrahims Machtwort unterstützen? Oder nicht?

Isabella, die die ganze Zeit so ausgesehen hatte, als wäre sie ernsthaft versucht, quer durch das Zimmer zu stürmen, Pau hart bei den Schultern zu packen und kräftig durchzuschütteln, war kopfschüttelnd vor das rote Samtsofa getreten, ließ sich dort (so gut es mit ihrem Bauch ging) vor Pau auf die Knie sinken und packte sie mittelheftig an den Handgelenken. »Pau? *Hallo?* PAU? – *Paulina Schmidthuber?*«

Pau verdrehte erneut die Augen und versuchte, ihre Arme aus Isabellas Umklammerung zu befreien,

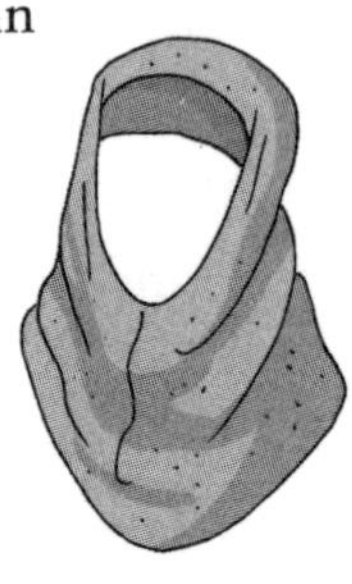

aber Isabella war nicht umsonst Bürgermeisterin von Neustadt. Wenn sie jemanden am Wickel hatte, dann ließ sie nicht mehr so schnell los.

»Hildegard von Bingen – Pau! Und *Jeanne d'Arc!* Und *Maria Stuart …«*

»Mama, was soll *das* denn jetzt? Wovon redest du?«

Pau schaffte es endlich, ihre Handgelenke zu befreien. Sie rieb sie sich und warf ihrer Mutter einen vorwurfsvollen Blick zu, aber Isabella achtete nicht darauf. Sie stemmte sich vom Boden hoch und stand drohend vor ihrer Tochter.

»Marie Curie – Pau!«, schrie sie plötzlich los. Mit ihrer Selbstbeherrschung schien es nun endgültig vorbei zu sein. *»ROSA LUXEMBURG! ALICE SCHWARZER!!!«*

Isabella warf wilde Blicke in die schweigende Runde. Ibrahim hatte Oma Hedia, vielleicht um sich abzureagieren, in der Zwischenzeit die Vase mit den gruseligen Plastikrosen aus der Hand gerissen und hielt das Ding nun selbst an sich gepresst (zusätzlich zu der Klinke, die er ebenfalls immer noch umklammerte). Fahrig schaute er von Isabella zu Pau und von Pau zurück zu Isabella. Er schien ziemlich sprachlos. Ob nun über Pau oder über Isabella, die er so noch nie erlebt hatte, war für Darius nicht auszumachen.

»LAUTER STARKE, EMANZIPIERTE FRAUEN, Pau!«, schrie Isabella unterdessen (ihr Geschrei war vermutlich bis zu Frau Neumann im Haus gegenüber zu hören!).

»Baby wird Schaden nehmen …«, murmelte Oma Hedia erneut warnend. »Wie gesagt, in meinem Dorf …« Sie versuchte es noch mal mit Schwanken, aber als wieder niemand darauf achtete, straffte sie die Schultern und machte ein beleidigtes Gesicht. »Gehe beten … *Allah ist groß* …«

Sie zerrte Ibrahim die Vase und die Türklinke aus den Händen, stiefelte aus dem Wohnzimmer, wobei sie die Türklinke zurück an ihren Platz steckte, als sie sich durch die Tür schob. Kurz war es still im Wohnzimmer.

Darius hatte seit seinem »Äh, Paps …« kein Wort mehr gesagt, er saß mit angezogenen Knien auf dem Mauervorsprung des Kamins und versuchte zu begreifen, was heute alles vorgefallen war. Was für ein beknackter Tag! Zuerst der Vorfall im Park, dann seine angeknackste, geschwollene Nase, die noch keiner auch nur bemerkt hatte, und zu allem Übel die verpasste Matheolympiade und sein Mathemeistertitel, der natürlich erst einmal futsch war … Und jetzt … DAS HIER …

»Es ist doch kein … *Weltuntergang*, Mama«, schnauzte Pau schließlich zurück. »Ich will es eben … einfach so …«

»NATÜRLICH IST DAS EIN WELTUNTERGANG!«, schrie Isabella. »ICH KANN DICH KAUM – – – ANSCHAUEN!!!«

Ibrahim straffte bei diesem neuerlichen Schreiausbruch seine Schultern und bemühte sich, wie es Darius schien, krampfhaft um sein *Ich-bin-mir-sicher-wir-werden-das-alles-friedlich-lösen-Gesicht.*

»Isabella?«, raunte er leise. Seine Ich-spreche-ein-Machtwort-Haltung schien er wieder verloren zu haben.

»WAS?«, schnaubte Isabella ungehalten zurück.

»Vielleicht sollten wir … äh … mal ganz *in Ruhe* sprechen …?«

»Ich bin aber nicht ruhig!«

»Ja, ich weiß doch …« Ibrahim machte ein unglückliches Gesicht.

Auch Darius saß immer noch unglücklich da. *Schrank*, dachte er sehnsüchtig. Wie gut war es gewesen, als er in miesen Lebensmomenten noch seinen Kleiderschrank als Ausflucht gehabt hatte. Darin war es ruhig, friedlich, dämmrig – eine ganz andere Welt. Man konnte an der inneren Schrankwand lehnen, behaglich eingequetscht, und seinen Blick stundenlang meditativ auf ein Hemd oder eine Jacke heften, bis einem davon ganz entspannt zumute wurde. Man verschmolz in diesen Momenten praktisch mit dem Kleidungsstück. Wurde ein kariertes Hemd! Oder eine Jacke!

Aber leider war er inzwischen rein körperlich nicht mehr so richtig schrankkompatibel – und außerdem kamen seine Schrankaufenthalte auch rein mental nicht gut an bei Erziehungsberechtigten (Ibrahim hatte ihm bei seinem letzten Schrankaufenthalt mit freundlicher Stimme angedroht, ihn zu einem Psychologen zu schicken!).

Darius überlegte, ob es sich lohnte, wenigstens *so zu tun*, als säße er in seinem Schrank … Gerade, als er hoch konzentriert versuchte, sein Gehirn davon zu überzeugen, dass die schmale Kante des alten Kamins, auf dem er kauerte, in Wirklichkeit das Innere seines gemütlichen, alten Kleiderschranks sei, passierte es: Pau auf dem roten Samtsofa brach in Tränen aus.

Darius zuckte zusammen und sein gerade erst entstehender, fiktiver Kleiderschrank löste sich mit einem lautlosen Knall in Luft auf. Darius rang um sein Gleichgewicht auf dem schmalen Kaminsims und hätte beinahe seinen Laptop fallen lassen. Hemden, Jacken und Hosen schwebten davon und nahmen alle Entspannung mit …

Aber Paus Tränen bewirkten wenigstens, dass Isabella von einer Sekunde zur nächsten das einzig Richtige tat: Sie hörte mit dem irrwitzigen Schreien auf und versuchte stattdessen, Pau in die Arme zu nehmen – aber Pau wich empört zurück.

Da fing auch Isabella an zu weinen. Herrje, dachte Darius. So viele Tränen hatte es im Hause Al Bazi in den ganzen letzten zwei Jahren nicht gegeben.

»Warum?«, hauchte Isabella unterdessen und plumpste kopfschüttelnd ans andere Ende des buckeligen Samtsofas, dem erklärten Lieblingsplatz aller Schmidthubers. »Erklär mir, verdammt noch mal, wenigstens endlich, warum.«

Zuerst reagierte Pau gar nicht, aber dann fing sie doch leise und stockend an, von Hardy und Nase und den Vorkommnissen im Park unter *Dicker Mann* zu berichten.

»… sie haben sich voll lustig über mich gemacht … und … Anspielungen über … über …«

Pau kniff wütend die Augen zusammen. »… über BUSEN und keinen Busen gemacht!«, stieß sie dann grimmig und mit bebender Stimme hervor.

Darius zuckte erneut zusammen, als er das hörte. Am liebsten hätte er sich die Ohren zugehalten. Was für WIDERLINGE!

Arme Pau! So viel Miesfiesgemeines! Genau wegen solcher miesfiesgemeiner Situationen hatte er jahrelang seinen Schrank als Zufluchtsort benutzt! Manchmal war die Welt außerhalb von Kleiderschränken echt nur schlecht zu ertragen!

»WIE BITTE? … diese ewig rumhängenden … *Stinkstiefel?*«

Isabellas Stimme klang jetzt so zornig, wie auch Darius sich fühlte.

»… sie haben mich *angestarrt und angeglotzt* und sind … voll bedrohlich im Kreis um mich rumgelaufen … und ich konnte nicht … ich wusste nicht …«

Pau lehnte ihren Kopf jetzt doch an die Schulter ihrer Mutter. Gleichzeitig brach sie erneut in Tränen aus und hörte nicht mehr auf zu weinen.

»Mein armer, lieber Schatz«, flüsterte Isabella und legte einen Arm um sie. »Wie – wie … ging es weiter?«

»Plötzlich kam Darius angeprescht – er war auf dem Weg zum Theodor-Heuss-Gymnasium, wo seine Olympiade stattfinden sollte …« Pau schluchzte. »Zuerst hat er Nase und Hardy aufgefordert, dass sie mich gehen lassen sollen, aber als das nicht klappte, ist er auf Nase losgegangen …«

»*Das* hast du getan, Darius?«

Isabella machte ein verblüfftes (aber auch beeindrucktes) Gesicht. Sie lächelte ihm dankbar zu und sah ihn an diesem Abend zum ersten Mal wirklich an. Augenblicklich stieß sie einen Schrei aus. »UM HIMMELS WILLEN, Darius! Deine Nase!«

Darius winkte ab. »Nicht schlimm«, murmelte er hastig.

Ibrahim kam mit langen Schritten auf ihn zugestürmt und betrachtete nun endlich das Gesicht seines Sohnes. Sein eigenes sah zerknirscht aus.

»Verflixt, dass wir das völlig übersehen haben! Tut's sehr weh, Sohn zwei?«

Wieder winkte Darius ab und starrte betreten auf seine

Füße. Was machten die beiden denn jetzt plötzlich seinetwegen so einen Wind um die Sache? *Er* hatte doch gar nichts geleistet. Er hatte wegen dieser ganzen Chaosfamilienumzieherei bloß seinen Matheauftritt verpasst und damit seinen Titel verspielt!

In diesem Moment dämmerte Ibrahim, dem *Blitzgescheiten,* anscheinend genau das. »Aber … die – Olympiade? War das etwa heute?«, hakte er nach.

»Verpasst – egal …«

Darius machte eine wegwerfende Handbewegung. Er hatte sich online längst die Ergebnisse des Tages angeschaut. Ja, sein Titel im Wurzelschnellrechnen war futsch. Irgendein Mädchen aus Hamburg hatte ihn abgestaubt. Im Moment beschäftigte ihn viel mehr Paus Anblick – *Mannomann!*

Während Ibrahim in die Küche eilte, um aus dem Kühlschrank die Tube mit dem Kühlgel zu holen, begann Isabella, beim Anblick von Pau wieder zu seufzen.

»… und nur wegen solcher rückständigen Deppen willst du jetzt tatsächlich – ein Kopftuch tragen?«, fragte sie leise. »Das kann doch nicht *dein Ernst* sein?«

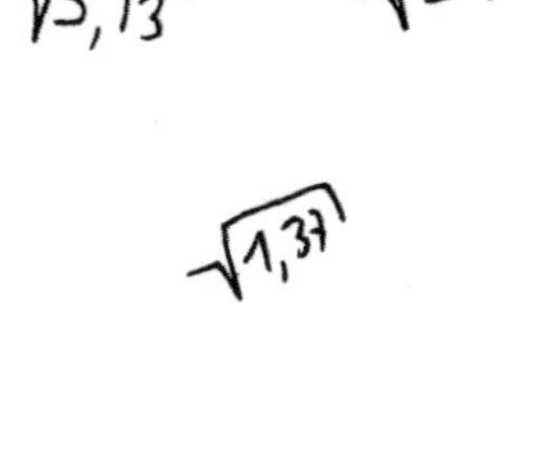

10
Alis Flucht

»Los, runter damit!«, befahl Ali finster am nächsten Morgen, einem sonnigen Samstag.

Aber Pau schüttelte mit ebenso finsterer Miene den Kopf.

In der Küche schimpfte Ibrahim unterdessen ein weiteres Mal mit Oma Hedia. »Das ist alles deine Schuld, Mutter! Wie konntest du das zulassen? Wir leben in Deutschland! Pau kann das doch gar nicht einschätzen, was das bedeutet, und außerdem ist sie alles andere als eine Muslima, Himmelherrgottnoch mal! – Und überhaupt: *Nirgendwo* im Koran steht geschrieben, dass ein Mädchen oder eine Frau so ein Ding tragen soll!« Den letzten Satz feuerte er noch wütend hinterher.

»Du hast mir nichts zu befehlen! – Ich fühle mich *wohl* so!«

Ihre Zwillingsschwester starrte Ali ärgerlich an. Die eingewebten, zierlichen Silberfädchen des roten Kopftuches glitzerten im Sonnenschein, der an diesem Samstagmorgen gnädigerweise mal wieder durch die Terrassentür hereinflimmerte.

»Das sieht so was von … bescheuert aus, Pau, echt … ich kann mich ja nirgends mehr mit dir blicken lassen«, jammerte Ali fassungslos.

»Oh Mann, und gleich kommen die Leute vom Fernsehen …«

Roschan tigerte nervös durch das Wohnzimmer. »Kann mal einer die beiden *Schleiereulen* entfernen?« (Ibrahim hatte doch noch – in letzter Sekunde – sein Okay zu dem Fernsehsender-Besuch gegeben, wenn auch schweren Herzens, und Roschan hatte schwören müssen, dass das eine einmalige Sache bleiben würde. Und außerdem hatte Ibrahim ihn wegen der versäumten Erlaubniseinholung dazu verdonnert, an den kommenden beiden Samstagen im Radhaus mitzuhelfen!)

Isi und Mina zuckten hilflos mit den Schultern und verfolgten Roschans Herumgetigere mit den Augen.

Ali fuhr herum. »Deine blöden Kommentare haben hier gerade noch gefehlt, *Sexiest Boy Alive!*«

In dem Moment klingelte es an der Tür.

»Das sind sie! Oh Kacke, das sind sie schon! Volle zwanzig Minuten zu früh!«, stöhnte Roschan.

Aber es waren nicht die Leute vom Fernsehen, sondern Frau Neumann aus dem Haus gegenüber. In der Hand hielt sie eine Spraydose Insektenvernichter. Ali starrte mit alarmiert zusammengekniffenen Augen zur Tür.

»DieseschrecklichenVIECHERkommenjaaus*Ihrem*Garten!«, blaffte sie Ibrahim an, der freundlich wie immer die Tür geöffnet hatte. Hinter ihm drängelten sich Oma Hedia und Roschan und Mina und Isi, die ebenfalls zur Tür gestürmt waren.

»Ichhabeeine*lebensbedrohliche*Bienen-undWespenallergiemüssenSiewissen! UnddieViecherausIhremGarten attackierenmichschonseitTAGEN! Istdenndaszufassen? WarumumallesinderWelthaltenSiesichdennBienen? Sowas tutdochkeinvernünftigerMensch!«

Sie fuchtelte aufgebracht mit der Spraydose in der Luft herum. »IchhabeseitgesternschondreidieserDosenversprüht! AberdiesegrässlichenBienenwerdendavonjanurnochwilder!«

Ali war in der Zwischenzeit – wie von der Tarantel gestochen – ebenfalls in den Flur gestürzt. HATTE SIE ES DOCH GEAHNT!

»WAS?«, schrie sie. »Sie besprühen meine Bienen mit GIFT?« Das letzte Wort sprach sie aus wie einen Fluch.

»Allerdings!«, rief Frau Neumann kriegerisch. Sie schien einigermaßen unempfänglich gegen Flüche zu sein.

Ali fuhr herum. Ihr erster Impuls war es, nach Isabella zu rufen, aber die hatte heute leider einen außerordentlichen Termin mit Frau Eisenbeiß im Rathaus und war darum schon früh mit Kunibert davongeradelt.

»Ibrahim!« Alis Stimme klang schrill und flehend. »Sag ihr, dass sie das nicht tun darf!«

»Äh, ja, also eigentlich …«, begann Ibrahim nervös. Er sah die Sache genau wie Ali, aber er hasste es wie die Pest, sich zu streiten.

»Worum geht?«, erkundigte sich Oma Hedia, aber Ibrahim beachtete seine Mutter nicht. »… es sind wirklich nur ein paar Bienen und soviel ich weiß, ist es *nicht* verboten, ein paar Bienen im Garten …«

»EINPAARBIENEN?«, fiel ihm Frau Neumann erbost ins Wort. »DassindTausende! Undjetzt:TunSiegefälligstetwas! OderichwendemichandiePolizei …«

»Oh, Himmel – nein!« Ibrahim begann schon wieder, sich die Haare zu raufen.

»Da!SchonwiedersoeinBiest!«

Frau Neumann fuhr mit einem Aufschrei herum. Abwehrend hob sie die Flasche mit dem Insektenvertilgungsmittel hoch in die Luft – zielte – und drückte auf den Sprühknopf. Weißer, scharf riechender Nebel schoss aus der Sprühdose heraus. Die Biene wurde schon allein von dem Sprühstoß aus dem Gleichgewicht gebracht. Sie trudelte durch die Luft und vermutlich wirkte das Gift sofort, denn im nächsten Moment landete sie bereits im knöchelhohen Gras und rührte sich nicht mehr.

»LASSEN SIE DAS, VERDAMMT NOCH MAL!«, brüllte Ali wie von Sinnen. Sie drehte sich Hilfe suchend nach ihrer Zwillingsschwester um. »Pauuuu! – Nun SAG doch auch mal was!«

Aber als ihr Blick erst auf Pau im Kopftuch fiel, die mittlerweile auch unter den Zuschauern in der offenen Haustür stand (und die gerade versuchte, sich zu ihr durchzukämpfen), und dann auf einen augenverdrehenden Roschan, dicht eingerahmt von Mina, der Schönen, und Isi, der Fiesen, knackste irgendetwas in ihr. Tief in ihr. Da war es ihr auch völlig egal, dass genau in diesem Moment ein kleiner Trupp Leute mit Kameras und Mikrofonen beladen an der Gartenpforte auftauchte.

Ali hatte nur einen Gedanken: WAS ZU VIEL IST, IST ZU VIEL! Sie stürmte in den Garten hinaus.

»Hallo? Sind wir hier richtig? Wir suchen einen gewissen …?«

Der bärtige Mann, der gerufen hatte, warf einen Blick auf einen Zettel in seiner Hand. »… Roschan Al Bazi?«

»Aber an der Klingel ist kein Namensschild …«, fügte in dem Moment, als Ali bereits gegen ihn prallte, einer der anderen Kerle hinzu. »Äh, hoppla«, stotterte der Mann und hob seine Kappe mit dem Fernsehlogo auf, die ihm bei dem Zusammenstoß vom Kopf gefallen war.

»Aus dem Weg!«, schnauzte Ali außer sich vor Wut.

Und damit stob sie davon. Sie würde jetzt, verdammt noch mal, ihre Bienen retten!

»ALI, warte doch!«, schrie Pau ihr hinterher, aber Ali raste einfach weiter.

11
Die Klackklacktussi

»Oh, du bist das ...?«

Lars Schmidthuber riss die Augen auf. Er steckte in einem piekfeinen Anzug und sah dummerweise sehr danach aus, als sei er auf dem Sprung. »Ich dachte eigentlich, es wäre ...«

Ali starrte ihn nur herausfordernd an.

Da klingelte es wieder. Nur etwa zehn Sekunden nach Alis Sturmgeläute.

Mechanisch drückte Lars Schmidthuber auf den Türöffner. Es summte und unten klappte erneut die Haustür auf. Den eiligen Klackklack-Lauten zu entnehmen, die nun näher kamen, war Ali schnell klar, wer da auf dem Weg nach oben war ...

»Mäuschen, dein Überfallbesuch kommt ... äh ... in der Tat ... etwas ungünstig«, sagte ihr Vater auch prompt und warf einen Blick auf die Applewatch an seinem Handgelenk.

»Hu-hu, Bärlein, ich bin's ...«, rief eine hohe Stimme in das näher kommende Klackklack hinein. »Ich bin spät dran, ich weiß! Aber wie heißt es so schön? *Je später der Abend, desto schöner die Gäste!* Dabei ist es ja noch früh am Tag.«

Es kicherte näher kommend und Lars Schmidthuber schnalzte beunruhigt mit der Zunge. Ali starrte ihren Vater ärgerlich an.

»Nun ja, Ali, das ist ...«

Er deutete auf die dürre, schwer in Schale geworfene Frau,

die in diesem Moment den Treppenabsatz erreichte. Er sagte einen Namen, aber Ali achtete nicht darauf. Es war ihr völlig wurscht, wie die Tussi im schwarzen Minikleid hieß.

Sie würde heute noch hier einziehen! Und das Wichtigste war, dass ihr Vater sich schnellstmöglich in seinen BMW schwang und zur *Bruchbude* fuhr, um ihre Bienenkiste zu holen, ehe die fiese Schnellquasslerin aus dem Haus gegenüber Sprühstoß für Sprühstoß Alis Bienen *ermordete!*

Und genau das versuchte sie Lars Schmidthuber in der nächsten Minute zu erklären. Aber sie biss auf Granit. Ihr Vater feuerte massenweise Sätze wie *»Heute? Unmöglich!«*, *»Das geht auf gar keinen Fall!«* und *»Das ist doch eine Schnapsidee, Ali!«*, auf sie ab.

Die Tussi im schwarzen Minikleid stand stumm dabei und starrte zwischen Vater und Tochter hin und her, als verfolge sie ein Tennismatch.

»… ich wusste ja gar nicht, dass du *ein Kind* hast«, warf sie zwischendurch einmal ein, aber das machte die Sache nicht besser.

Irgendwann hatte Ali genug. Sie drängelte sich an ihrem Vater vorbei und betrat unaufgefordert das superschicke, in Schwarz-Weiß-Grau gehaltene Appartement. Hier gab es keinen Staub, keine buckeligen Samtsofas, keine Dies-und-das-Kommode und keine im Weg liegenden Klamotten.

»Ali, nun mach doch bitte keinen Ärger!«, jammerte ihr Vater und kam ihr hinterher, dicht gefolgt von Miss Klackklack. »Zieh deine Schuhe aus! Und pass auf die Skulptur am Fenster auf! Und – Achtung – die beiden Hängelampen …«

Ali plumpste, sich den Kopf haltend, mit düsterer Miene

auf ein edles Halb-im-Kreis-herum-Sofa mitten im Raum, das neu zu sein schien. Die eine der beiden Hängelampen, gegen die sie im Vorüberlaufen gestoßen war, schaukelte leicht hin und her. Aber mehr passierte nicht.

Etwa eine Stunde verging, in der sie keinen Muskel bewegte und keinen vernünftigen Satz von sich gab. Sie würde hier nicht eher weggehen, bevor er ihr geholfen hatte, das war er ihr als Vater einfach schuldig.

Irgendwann summte Lars Schmidthubers Handy. Es war Isabella auf der Suche nach ihrer verloren gegangenen Tochter.

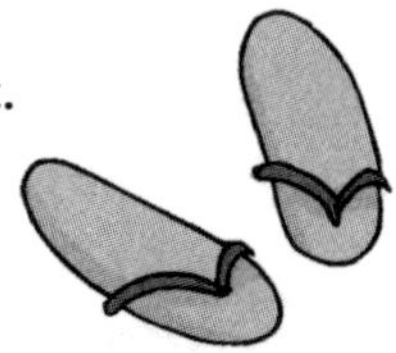

»Ja, sie ist hier«, antwortete ihr Vater gereizt. Ali versuchte, so gut es ging, wegzuhören.

»Ja, sie ist in der Tat ... irgendwie – aufgeregt ...«

Wieder redete Isabella.

Lars Schmidthuber schaute auf seine Uhr und was er dort sah, schien ihm nicht zu gefallen. Miss Klackklack stand unterdessen am Fenster und tippte auf ihrem Handy herum.

»Äh, Alice? – Deine Mutter möchte dich sprechen.«

Er drückte ihr einfach so sein teures Mobiltelefon in die Hand.

»Alilein?« Isabellas Stimme klang besorgt. »Ibrahim hat mir erzählt, was passiert ist! Und Pau hat nach Lady Gaga und den anderen Bienen geschaut. So weit scheint alles in Ordnung! Und Frau Neumann hat sich beruhigt. Isi hat ihr einen Alles-wird-gut-Tee verpasst! – Jetzt sei nicht bockig und komm nach Hause! Bitte! Ich bin auch bald da! Spätestens in einer Stunde, in Ordnung?«

»Nein.«

»Nein?«

Ali schwieg verbissen, weil immer neue Neins die Sache nicht besser gemacht hätten, so viel stand fest.

Aber Isabella war ebenso hartnäckig »Warum nicht?«, hakte sie nämlich prompt nach. »Was regt dich noch auf, Alilein?«

Ali schnaubte. Stellte Isabella wirklich diese Frage? Sie war doch sonst nicht so schwer von Begriff.

»Nun sag schon!«

Im Hintergrund war plötzlich eine ungeduldige Stimme zu hören. »Warte einen Moment, Ali«, sagte Isabella entschuldigend und Ali konnte hören, wie sie eine Hand über die Muschel legte und leise etwas zu der ungeduldigen Stimme sagte.

»Verdammt, Isabella!«, kreischte Ali da los. »Das ist schon das Erste, was mich aufregt! NIE HAST DU ZEIT, SEIT DU BÜRGERMEISTERIN BIST! Dauernd bist du unterwegs! Und dann das neue Haus! Mäuse! Mäuseköttel! Splitter im Boden! Eine *Bruchbude*. Und Ibrahims verrückte Mutter verwandelt es dazu noch in eine Moschee! Und Pau trägt jetzt ein KOPFTUCH! Und Roschan ist so ein ARSCH! Und Isi hat mich so hintergangen! Und diese Mina ist VIEL HÜBSCHER als ich! Und die Schnellquasslerin aus dem Haus gegenüber rottet meine Bienen aus! Und meine Rosen gehen ein, weil niemand mir hilft, sie einzupflanzen! Und ...«

Ali japste, weil sie definitiv zu wenig Luft geholt hatte in der letzten Minute. Sie versuchte, es nachzuholen, und atmete ein paarmal ein und aus. Trotzdem war ihr wackelig zumute.

»… und darum bleibe ich jetzt hier«, sagte sie zum Schluss leise.

Dummerweise waren ihr Tränen in die Augen gestiegen. Während sie diese ärgerlich mit dem Handrücken wegwischte, hörte sie ihren Vater »Das ist jetzt wohl die Pubertät oder was …?« murmeln. Aber immerhin reichte er ihr dabei ritterlich eine Schachtel mit Zupftaschentüchern.

»Danke …«, flüsterte Ali und putzte sich die Nase.

»Nun sei doch vernünftig, Alice Schmidthuber«, bat Isabella eindringlich. »Wir finden für alles eine … nun ja … Lösung. Das – verspreche ich dir! Hoch und heilig! *Großes-Flower-Power-Ehrenwort!*«

Das Große-Flower-Power-Ehrenwort war Isabellas allerheiligster Schwur, das wusste Ali. Isabella war nämlich ein großer Fan der Flower-Power-Zeit.

»Wird das heute noch mal was, Larsi?«, fragte in diesem Moment die Klackklacktussi am Fenster.

»Natürlich, natürlich«, sagte Alis Vater beruhigend und tätschelte der Klackklacktussi die Schulter.

»Papi will mich loswerden, Mama«, sagte Ali leise. »Er will nur mit dieser … *Dingsda* losziehen … Er … er pfeift auf mich! Und auf meine Bienen! Nur diese Dingsda interessiert ihn …«

»He, Alice! Sie heißt nicht *Dingsda!«,* schnauzte Lars. Dazu schaute er die Klackklacktussi entschuldigend und Ali ärgerlich an.

»Ich bleibe jedenfalls hier!«, wiederholte Ali stur, schaltete das Handy aus und warf es achtlos klappernd auf den teuren Couchtisch.

12
Das volle Chaos

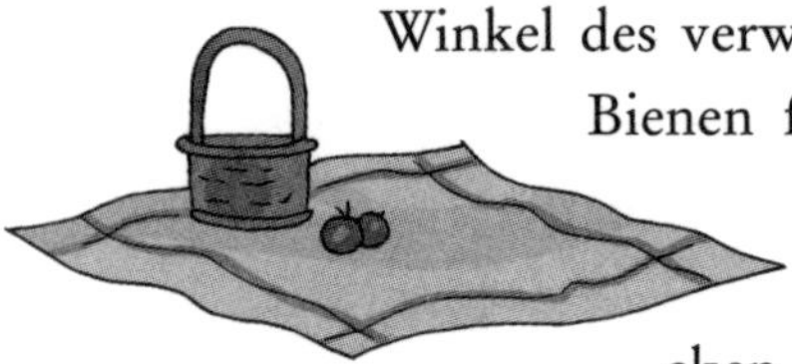

Darius saß mit seinem Laptop auf den Knien im hintersten Winkel des verwilderten Gartens. Ein paar von Alis Bienen flogen herum und summten freundlich. Aber aufmuntern konnten sie ihn nicht. Das Haus in seinem Rücken, so viel wusste Darius, war mal wieder völlig leer und wie ausgestorben.

Ali war jetzt schon seit drei Tagen bei ihrem Vater am anderen Ende von Neustadt und weigerte sich standhaft, nach Hause zu kommen. Aber anscheinend lief es dort auch nicht besonders gut, denn Isabellas piekfeiner Exmann wiederum weigerte sich mit Händen und Füßen gegen Alis Bienen, die jetzt provisorisch von Pau versorgt wurden.

Frau Neumann aus dem Haus gegenüber räucherte seit drei Tagen in ihrem Garten irgendein mysteriöses, grün qualmendes Kraut in kleinen Blechschüsseln, um sich so vor möglichen Insektenangriffen zu schützen. Es roch eigenartig, anders konnte man es nicht nennen. Isabella hatte ihr eine ganze Tüte *Alles-wird-gut-Tee* vorbeigebracht und als die Schnellquasslerin endlich kapiert hatte, dass die NEUE BÜRGERMEISTERIN der Stadt höchstpersönlich vor ihr stand, war sie wie ausgewechselt. »EineEhreeineEhreeineEhre!«, hatte sie gestammelt und war vor Freude zart und versöhnlich rosa im Gesicht geworden. Sie hatte Isabella sogar gebeten, ihr ein Autogramm auf ihren Küchenkalender zu geben, und versprochen, gut darauf aufzupassen!

Isabella hatte sehr lebhaft davon berichtet und auf diese Weise für eine sehr vergnügliche Mahlzeit gesorgt. Darius' niedergeschlagene Gedanken wanderten zurück zu seiner treulosen Familie …

Pau war ebenfalls nicht da, denn sie war schon vor *Stunden* mit Oma Hedia in die Moschee gefahren, wo ab jetzt diese komische Mädchenkoranstunde stattfand. Sein Vater hatte darauf bestanden. Er meinte, das sei der richtige Rahmen – und von Kopftüchern und so weiter hielt er ohnehin gar nichts.

Ibrahim selbst war natürlich im Radhaus, wo er jeden Tag von neun bis achtzehn Uhr Räder verkaufte und reparierte. Immerhin mussten Roschan und er nicht mehr so viel mitarbeiten – also bis auf Roschan, der seine nächsten zwei Strafsamstage dort verbringen musste –, seitdem Yussuf diesen Job übernommen hatte, und Isabella saß eigentlich ständig im Rathaus in einer wichtigen Sitzung.

Roschan war ebenfalls dauernd unterwegs. Entweder mit Mina und Isi oder beim Fußball oder … sonstwo. Sein Ruhm war ihm irgendwie ziemlich zu Kopf gestiegen, fand Darius.

Nicht mal Runtervomsofa tigerte umher. Sie war seit dem Umzug wie ausgewechselt und zog jetzt immer mit Achtmalacht herum, einem Kater aus der Nachbarschaft.

Darius zog sein Handy aus der Hosentasche. *Klick – klick – klick* … Schon war er in der Fotodatei und checkte das aktuelle Herdbild, das er vorsorglich aufgenommen hatte, ehe er in den Garten hinausgewandert war. Alles okay: Sämtliche Herdschalter standen auf null, wie sie sollten.

Das war zwar beruhigend, aber wenn er ehrlich war, war der Herd im Moment sein kleinstes Problem. Mit düsterer Miene starrte er zurück auf den Laptop und damit auf die Internetseite, die er schon den halben Nachmittag anstarrte. »Darius Al Bazi« stand da! Mitten auf der ersten Seite der Plattform *Mathe-Genies-Aktuell.*

Aber zum ersten Mal stand er nicht in der Liste der Gewinner, sondern stattdessen in einer kleinen Randnotiz! Einer der Administratoren hatte dort gnadenlos über ihn hergezogen: *Vermisst haben wir am letzten Wettbewerbstag unseren bisherigen Rekordhalter DARIUS AL BAZI. Obwohl angemeldet und gedanklich bereits als Gewinner des Tages gesehen, erschien er nicht zum Wettbewerb! Eine herbe Enttäuschung! War er dem Druck nicht gewachsen? Torben Boerne, ein hoffnungsfroher Schnellrechner (aus Hamburg) sagte auf unsere Nachfrage: »Der Darius? Der bringt's nicht mehr so richtig, glaube ich! Bei den letzten Olympiaden schien er abwesend und abgelenkt! Der ist nicht mehr voll dabei, wenn Sie mich fragen …«*

Darius knirschte mit den Zähnen. Dieser Torben Boerne war so ein VOLLHONK! Bisher hatte Darius ihn bei jedem Wettbewerb mühelos rausgerechnet! Und das war nun wohl dessen Rache!

Ärgerlich klappte er den Laptop zu und sprang auf. Er hatte echt genug davon, allein im Garten herumzuhocken wie ein alter, vergessener … Gartenstuhl. Alles lief verquer, anders konnte man es nicht nennen. Und es hatte ihn, anders als Isabella ihm das einzureden versuchte, nicht stolz und glücklich gemacht, dass er den Mut aufgebracht hatte, Nase eins auf die Nase zu geben! Klar, irgendwie war das schon ... gut gewesen – und er wusste jetzt wenigstens, dass er so was konnte, wenn es drauf ankam. Aber er hatte sich in dieser ganzen Situation auch schrecklich unwohl gefühlt und die verpatzte Matheolympiade machte das auch nicht wett.

Mit finsterer Miene stapfte er ins Haus zurück. Er checkte den Kühlschrank und die übrigen Lebensmittelvorräte. Ausnahmsweise war noch alles vorhanden, selbst Paus geheimer Froot-Loop-Vorrat war gefüllt, irgendjemand musste bereits eingekauft haben, ohne dass Darius einen Lebensmittelnotstand hatte ausrufen müssen. Wahnsinn, vielleicht wurde das ja doch noch mal was mit der Großfamilie Schmidthuber/Al Bazi? Was nun? Eine DVD gucken? Ein paar lineare Gleichungen rechnen? Seine Online-Mitgliedschaft auf *Mathe-Genies-Aktuell* löschen? Oder eine Pizza in den Ofen schieben?

In dem Moment fiel Darius' unruhig umherwandernder Blick auf eine aufgeschlagene Zeitschrift von Isabella, die vergessen auf dem roten Samtsofa lag. *Psychologie Aktuell.* Und die Überschrift des aufgeschlagenen Artikels lautete: *Kraft durch Schweigen.*

Mehrere Sekunden lang starrte Darius mit gerunzelter Stirn darauf – dann schnappte er sich kurz entschlossen die Zeitschrift und klemmte sie sich unter den Arm. Rasch rührte er noch einen kalten Kakao an, dann stieg er in sein winziges Harry-Potter-Zimmer hinauf. Dort setzte er sich ans Fenster und ließ die Beine baumeln. Einen Fuß hatte er drinnen im Zimmer und einen draußen in der Luft. Er brauchte nicht lange für den Artikel, er war ein geübter Schnellleser.

Nachdenklich starrte er anschließend in die Ferne.

Ungefähr eine Stunde später kamen die ersten Heimkehrer zurück ins Haus.

»Huhu, wir sind zurück!«, rief Pau kurz durch das Haus, während sie sich fröhlich mit Oma Hedia unterhielt. Über was redeten die beiden wohl?

Als Nächster polterte Roschan mit dem üblichen Nachhausekommkrach ins Haus: Tür auf mit Karacho, Tür zu mit Karacho. Dazwischen ein gellendes: »HALLO, Leute – jemand zu Hause …?«

Isabella kehrte auf Kunibert heim, pfeifend wie fast immer. Darius hörte Kuniberts quietschende Radbremse auf dem Gartenweg, dann schob Isabella ihn in den Gartenschuppen. »Ich bin wieder da-haaa!«, rief sie, als sie gleich darauf durch die alte, knarrende Haustür trat.

Ibrahim kam als Letzter mit leicht federndem Schritt.

»Himmel, hast du mich erschreckt, Herr Al Bazi!«, japste Isabella. »Warum schleichst du dich denn so an?«

Isabella war in der Küche und weil dort das Fenster offen stand, konnte Darius auf seinem Fenstersims gut mitbekommen, was unten vor sich ging.

Ibrahims Antwort war allerdings zu leise, als dass Darius sie hätte verstehen können – aber er gab sich auch keine Mühe.

»… und was machst du für eine geheimnisvolle Miene?«, fügte Isabella in diesem Moment hinzu.

Wieder murmelte Ibrahim etwas. Dazu lachte er leise.

Darius fragte sich mal wieder, wie zwei so unterschiedliche Menschen wie Isabella und sein Vater hatten zusammenfinden können. Wie wohl das neue Baby aussehen würde? Darius knabberte nachdenklich an einem Daumennagel.

In den sechsundvierzig menschlichen Chromosomen waren geschätzte sechzigtausend bis hunderttausend Gene enthalten. Die eine Hälfte davon, also dreiundzwanzig, steuerte der Vater des Babys bei, die anderen dreiundzwanzig Chromosomen stammten von der Mutter. Die genetischen Kombinationsmöglichkeiten könnten VIERUNDSECHZIG BILLIONEN verschiedene Kinder erzeugen! Oh Mann …

Ob das Baby so hübsch wie Ali und Pau sein würde?

Roschan sah auch gut aus. Nicht umsonst war er zum hübschesten und coolsten Jungen der Schule ernannt worden.

Darius seufzte. Er selbst …? Nun gut. Er war wohl mehr so ein … Normalo. Aber das Kind konnte auch nach Oma Hedia kommen! Au weia! Oder nach Isabellas komischer Mutter Olga, die er noch nicht mal kannte, außer vielleicht vom Telefon! Auch sein persischer Urgroßvater Wahied-Wahdat-Ali Al Bazi war eine Option! Der war ein berühmter Arzt gewesen und einhundertundneun Jahre alt geworden! Dafür hatte er an jeder Hand sechs Finger gehabt … Herrje … Praktisch alles war möglich. Darius runzelte die Stirn. Ob Isabella heute überhaupt schon ihre Vitamine genommen hatte? Er hatte es den ganzen Tag über total verschwitzt, auf der Dies-und-das-Kommode nach der Packung zu sehen …

»Darius?«

Seine Tür flog auf und sofort lag dieser zarte Pau-Apfel-shampoo-Duft in der Luft, den er so … nun ja – mochte. Dennoch rührte er sich nicht.

Pau kam näher.

»Äh, Darius – alles klar bei dir?«

Sie trug immer noch dieses verflixte rote Kopftuch. An diesen Anblick würde Darius sich nie gewöhnen, da war er sich sicher!

»Ibrahim sagt, er hat Essen für alle vom *Singenden Libanesen* mitgebracht …«

Pau warf ihm noch einen fragenden Blick zu und war schon wieder an der Tür und klapperte mit der Türklinke. »Kommst du?«

Darius nickte und rutschte vom Fenstersims.

Unten wuselten die anderen herum. – Also, alle bis auf Ali.

Isabella hatte dennoch das blaue Geschirr mit den tanzenden Chinesen gedeckt – wie immer, wenn der Tag, der hinter ihnen lag, gut gewesen war (an stressigen Tagen deckte sie die rosa Teller mit den goldenen Energieschnörkeln).

Es roch bereits lecker nach Falafel, Taboulé-Salat, Kibbeh und Hummus.

»Gibt was zu … feiern?«, fragte Oma Hedia misstrauisch und schlüpfte aus ihrem Tschador.

»Das wird noch nicht verraten!« Ibrahim machte ein geheimnisvolles Gesicht, während er Tee aufbrühte. Oma Hedia schnalzte zu diesen Worten ungehalten mit der Zunge.

»Weißt *du,* was los ist, *Schleiereule?«,* erkundigte sich Roschan bei Pau.

Pau ignorierte die Schleiereule und zuckte freundlich den Kopf schüttelnd mit den Schultern.

»Du?«, wandte sich Roschan jetzt an seinen Zwillingsbruder und knuffte ihn freundschaftlich in die Seite.

Der schüttelte ebenfalls den Kopf.

»Ich habe auch keine Ahnung, was euer verrückter Vater mal wieder im Schilde führt.«

Isabella spülte ihre Schwangerschaftsvitamine (die Darius ihr hinhielt) hinunter und wuschelte ihm dankbar durch die Locken. Ohne ihn, das war klar, hätte sie die Dinger jeden Tag vergessen!

»Morgen soll übrigens der heißeste Tag des Jahres werden«, stöhnte sie und nahm sich eine große Portion Falafel mit Hummus. Für Falafel mit Hummus hatte sie eine unbedingte Schwäche. Gleichzeitig schwang sie ächzend die Beine hoch und legte sie seitlich auf Alis freien Stuhl. »Schwanger sein im Hochsommer ist echt so eine Sache.«

Auch an diesem Abend war es schon megaheiß für einen frühsommerlichen Junitag. Die Terrassentür und sämtliche Fenster standen offen, aber es ging trotzdem kein Luftzug.

»Stellt euch vor, ich bin übrigens endlich hinter den Ärger gekommen, den Frau Eisenbeiß in ihrem Deutschkurs für Ausländer hat.« Isabella quasselte munter drauflos und genoss die große Runde am Tisch sichtlich.

»Äh, also eigentlich …«, fing Ibrahim an und hatte schon wieder dieses Feierliche im Gesicht, aber Isabella legte ihm vertröstend eine Hand auf den Arm.

»Gleich, okay? Ich muss das erst loswerden, sonst platze ich! – Zuerst habe ich es echt nicht glauben können, aber es kamen ja immer mehr Beschwerden … Nur habe ich lange einfach nicht verstanden, *was* genau die Leute so … aufregte!«

»Was war es denn?« Pau nahm sich ebenfalls eine Ladung Kichererbsenbällchen.

Isabella wischte sich unterdessen ein paar Lachtränen aus den Augen.

»Können wir nicht erst mal …?«

Ibrahim hatte seine Gabel zur Seite gelegt und räusperte sich bedeutungsvoll.

»… ein Sekündchen noch, ja?« Isabella lächelte ihm zu. Dann schaute sie in die Runde. »Also – Frau Eisenbeiß hat echt ein Rad ab! Sie hat ihren Kursteilnehmern allen Ernstes weisgemacht, statt Mantel könnte man – streng genommen – auch *Frautel* sagen! Und statt Mandarine *Fraudarine!«*

Isabella prustete los. »Sie sagte, die deutsche Sprache sei leider ziemlich frauenfeindlich und es wäre Zeit, da ein Zeichen zu setzen! Die Frauen aus Syrien und Afghanistan waren natürlich vor allem eins: völlig *verwirrt!«*

»Fraugo statt Mango?«, fiel Pau kichernd ein.

»Fraudel statt Mandel!«, sagte Isabella bestätigend.

»Frauchmal statt manchmal«, rief Pau.

»Frauometer!«, fiel Roschan mit vollen Backen mampfend ein. »Haha, daraus mache ich mal ein Video für meinen Youtube-Kanal …«

Isabella nickte. »Es gab wirklich ein ziemliches Durcheinander! Und Frau Eisenbeiß war außer sich, als sie heute ihren Posten als Kursleiterin erst mal abgeben musste …«

»Sag lieber Post*in!«,* schlug Roschan grinsend vor und verspeiste eine Gabel voll Petersiliensalat. »Nicht Post*en!*

Der *weibliche* Posten – ihr Vollpfosten – beziehungsweise *Vollpfostinnen!«*

In dem Moment schrillte energisch die Türglocke. *Einmal, zweimal, dreimal, viermal.*

»Wenn das wieder diese Schnellquasslerin von gegenüber ist, drehe ich durch …«, stöhnte Ibrahim und stand auf. Alles Feierliche war mittlerweile aus seinem Gesicht verschwunden.

»Oder Ali …?« Isabella war ebenfalls – hoffnungsvoll – aufgesprungen.

»Es läutet an der *Türin …«,* deklamierte Roschan kauend.

»Verstehe kein Wort …«, knurrte Oma Hedia.

»Keine *Wortin,* Oma, sei bitte nicht frauenfeindlich!«

»Mama?«, ertönte in diesem Moment Isabellas ungläubige Stimme aus der Diele. »WAS MACHST DU DENN HIER? WIESO …? ICH MEINE – WARUM …?«

Pau ließ die Gabel fallen und drehte sich um.

»Oma?«, rief sie glücklich und sprang vom Tisch auf.

Darius war verwirrt. Die Oma der Zwillingsschwestern? Die aus Mallorca? Wie kam denn die hierher? Tatsächlich – sie war es! Braun gebrannt wie nur was und voller Sommersprossen! Darius betrachtete sie eingehend. In jedem Ohrläppchen schwang ein kleiner Holzpapagei und ansonsten steckte sie in einem geblümten, ziemlich gewagten Sommerkleid. Ihre Füße waren nackt, dafür hatte sie mehrere bunte Perlenkettchen um die Fußknöchel. Und als ob das nicht schon bunt genug wäre, hatte sie zu guter Letzt ihre wirren, von der Sonne ausgebleichten Haare zu einem hohen Dutt mitten auf dem Kopf gezwirbelt und mit einem bunten Band aus Federn umwickelt. Darius kannte sich ja nicht so aus, aber das schien selbst ihm ein wenig viel Ausstaffierung zu sein.

Oma Hedia am Esstisch griff sich an die Brust. »Uiuiui …«

Isabella tapste unterdessen mit kläglicher Miene zurück ins Wohnzimmer, ihre Mutter im Schlepptau.

»Mutter! Ich fass es einfach nicht! – WARUM HAST DU NICHT WENIGSTENS VORHER ANGERUFEN UND *BESCHEID* GESAGT, DASS DU KOMMST?«

»Pau!«, sagte Oma Olga in diesem Moment streng – und ohne auf Isabella zu achten. Ihren Rucksack ließ sie auf den Dielenboden plumpsen. Dabei fixierte sie Paus Kopfbedeckung und kam aus dem Kopfschütteln nicht heraus. »Ali hat mir gestern eine Nachricht geschickt und mir von dem *Durcheinander* hier berichtet!«

»Es … ist alles – äh – halb so schlimm, Mama«, sagte Isabella beschwörend.

Olga sank auf Alis freien Stuhl, ohne den Blick von Pau zu wenden. Die tippelte unruhig von einem Fuß auf den anderen.

»Ähm, darf ich mich vielleicht vorstellen?«

Ibrahim hatte sich nervös erhoben. Er sagte höflich seinen Namen und hielt Olga die Hand hin. Olga schlug ein, allerdings nur zögernd, das sah Darius (die beiden kannten sich bisher nur vom Telefon).

»Und – äh – das ist meine … Mutter«, fuhr Ibrahim unterdessen kleinlaut fort. Er deutete auf Oma Hedia, die sich vorsorglich tief in ihre Schleier gehüllt hatte.

»Jaah! – Ibrahims Mutter! Aus Persien! Wunderbares Land!«, trompetete Oma Hedia stolz aus den Tiefen ihres Kopftuches. »Außerdem Großmutter von ihm – und ihm!«

Sie deutete auf Roschan und Darius.

»… und ihm!« Diesmal zeigte sie auf Isabellas Bauch.

»Da haben wir ja mal was gemeinsam«, knurrte Olga. »Allerdings dachte ich, es sei noch nicht raus, ob *es* ein Junge oder ein Mädchen ist … Und damit ihr es wisst: Ich bin gekommen, um erst mal zu bleiben, bis sich der ganze Wahnsinn gelegt hat!«

»Oha …«, murmelte Roschan an Darius gewandt. Er zog dramatisch die Augenbrauen hoch und pustete sich den lockigen Pony aus der Stirn. »Emanzen-Alarm …«

Er dachte eine Sekunde nach. »Emanz*innen*-Alarm*in!*«, verbesserte er sich dann. »Ein ziemliches Irrenhaus hier, was? – Oder sollte ich besser Irrenh*äusin* sagen? Ein weibliches Haus müsste schließlich streng genommen eine Häusin sein …«

Er grinste breit und stieß seinen Zwillingsbruder in die Seite, aber der – schwieg …

13
Jenseits der Stille

»Darius?! – Jetzt reicht es aber!«

Es war beim Wochenendfrühstück. »He, Sohn, ich rede mit dir!«, fuhr Ibrahim fort und setzte sich auf seinen Platz am Esstisch. Pau saß bereits ganz gut gelaunt am Frühstückstisch. Zuvor hatten Isabella und Ibrahim die rosa Energieschnörkelteller gedeckt und vorsorglich eine große Kanne Alles-wird-gut-Tee gekocht.

»Das wird schon wieder, lass ihm Zeit – irgendetwas blockiert ihn«, beschwichtigte ihn Isabella, tätschelte ihm beruhigend den Rücken und stellte Runtervomsofa ihr gefülltes Frühstücksschälchen hin, gerade als ihre Wale zu singen anfingen.

Ibrahim starrte gereizt seinen schweigenden Sohn an, der sich, ohne hochzusehen, einen Toast mit Butter und Schokocreme schmierte.

»Wenn du willst, dass ich durchdrehe, dann mach so weiter.«

Er schnappte sich mit einer heftigen Bewegung ebenfalls einen gerösteten Toast aus dem Brotkörbchen und knallte ihn auf seinen Teller (die goldenen Anti-Stress-Schnörkel auf rosa Hintergrund wirkten anscheinend noch nicht!).

Oma Olga, die mit dem Frühstück bereits fertig war, hockte auf dem roten Samtsofa und lackierte sich dort mit hochgestelltem Bein die Fußnägel. Ihre Füße waren blitzsauber und sahen sehr gepflegt aus. Der Fuß, an dem sie gerade pinselte, ruhte ordentlich auf einem kleinen, eigens dafür ausgebreiteten Tüchlein. Pau war immer wieder verblüfft, wie ihre Oma es schaffte, trotz häufigem Barfußlaufen so saubere Füße zu haben.

»Der Junge versucht doch nur, das Chaos hier zu kompensieren, Ibrahim«, sagte sie jetzt sanft und lächelte Darius zu. Heute hatte sie zwei schaukelnde Pappmaschee-Wassermelonen von immensen Ausmaßen in den Ohrläppchen. Oma Olga brachte auf jeden Fall Schwung und Farbe in die *Bruchbude* und Pau konnte nicht verstehen, dass Ali immer noch verbissen bei ihrem treulosen Vater ausharrte.

Darius allerdings warf Oma Olga einen misstrauischen Blick zu und biss schweigend in sein Brot.

Isabella telefonierte jetzt im Nebenzimmer mit der schluchzenden Frauenbeauftragen der Stadt, die ihren Job zurückwollte und Besserung gelobte. Das zumindest hatte sie heute schon zweimal dem Anrufbeantworter in der Diele erzählt. Eine Bürgermeisterin war eben irgendwie immer im Dienst, auch am Wochenende.

(»Die Anrufbeantworterin!«, hatte Roschan Isabella weise korrigiert, während er sich schnell ein Sandwich in der Küche zurechtgemacht hatte. Dabei hatte er ein paarmal irritiert an seiner Stirn herumgetastet und war dann wieder nach oben gegangen.)

Pau knabberte an einem Knäckebrot mit Gürkchen. Jetzt, wo Oma Olga da war, ging es ihr viel besser, auch wenn die Blicke, mit denen diese ihr Kopftuch bedachte, nicht die freundlichsten waren. Streng genommen hätte sie es im Haus natürlich ausziehen können, aber irgendwie machte es unerwartet Spaß, die anderen zur Weißglut zu bringen. Quasi als kleine Rache für das ganze Chaos, das Isabella und Ibrahim ihnen dauernd einfach so zumuteten (allerdings war es wirklich ziemlich heiß am Kopf – was aber auch kein Wunder war bei der Sommerhitze dieser Tage!).

In diesem Moment kam Oma Hedia zur Tür herein. »Fertig gebetet«, verkündete sie und zupfte ihr Kopftuch zurecht. *»Allah ist groß!«*

Ibrahim schnaubte bei diesen Worten.

»Uiuiui …«, keuchte Oma Hedia da auf. Sie begann zu schwanken.

»Mutter, was immer dir schon wieder gegen den Strich geht – beherrsche dich bitte –, bis ich etwas im Magen habe«, murmelte Ibrahim, ohne hochzusehen. Er kaute mit verbissener Miene weiter.

»Ajajajaj …« Oma Hedia schwankte noch stärker.

»Darauf fällt nun wirklich keiner mehr rein, Mutter.« Ibrahim griff nach einem weiteren Toast.

In dem Moment kippte Oma Hedia um. Wie ein grandioser Felsbrocken. Für einen Augenblick schien das komplette Haus zu wanken.

»MUTTER! – Nein …«, stöhnte Ibrahim und ließ seinen Toast auf den Teller zurückfallen. Widerwillig erhob er sich und eilte zu Oma Hedia. Oma Olga folgte ihm verwirrt (bisher hatte sie nur einen von deren Ohnmachtsanfällen am Telefon mitbekommen, weil sie zufällig gerade angerufen hatte, als Oma Hedia zum allerersten Besuch gekommen war).

Pau und Darius aßen unterdessen gemächlich weiter. Oma Hedias Ohnmachtsanfälle regten sie nicht mehr besonders auf.

Roschan rief nur von oben: »Bitte nicht so einen Krach! Ich drehe gleich einen Beitrag für meinen Kanal! Hab ein neues Game, das ich testspielen muss …«

Allerdings klappte im nächsten Moment oben erst einmal die Badezimmertür. So eilig schien Roschan es mit seinen Filmaufnahmen nicht zu haben. Pau fiel auf, dass Roschan in den letzten Tagen eine Menge Zeit im Bad verbrachte.

»*Mutter?* – Mutter, hörst du mich?«

Oma Hedia stöhnte dramatisch.

Ibrahim schüttelte den Kopf. »Was hast du denn nur wieder?«

»Höschen …«, wimmerte Oma Hedia.

»Wie bitte?«

Ibrahim starrte seine Mutter verblüfft an. Aber die rührte sich nicht und öffnete auch nicht mal ein Auge. Es schien ein Fall von besonderer Schwere vorzuliegen. Denn *ein* Auge öffnete Oma Hedia sonst meist sehr rasch wieder. Darum hatte Roschan ihr auch erst vor Kurzem den Zusatznamen *Ohnmachtszyklop* verpasst.

»Höschen …«, wiederholte sie jetzt immerhin gnädig. Ihre Wangen blähten sich ein paarmal aufgebracht und erschlafften dann wieder.

»WAS MEINST DU?« Ibrahim kniete fassungslos vor seiner Mutter.

»Höschen.«

Isabella kam wieder ins Wohnzimmer. Sie schien Frau Eisenbeiß fürs Erste abgeschüttelt zu haben.

»Was ist denn hier passiert?«, fragte sie Anteil nehmend.

»Keine Ahnung«, knurrte Ibrahim düster. Er war zur Spüle gegangen und hielt dort ein Küchentuch unter kaltes Wasser.

Damit tupfte er Oma Hedia – recht grob, wie Pau fand – über die Stirn. Und als das nichts nützte, über das ganze Gesicht.

»… gut, dass ich gekommen bin«, sagte Oma Olga und gesellte sich mit vorsichtig gespreizten Fußzehen ebenfalls in die Runde. »Hier scheint mir ja ein heilloses Durcheinander zu herrschen.«

Sie warf Isabella einen rügenden Blick zu. »Ali *verschwunden,* Pau trägt *Kopftuch,* Darius *schweigt* – und diese alte Lady hält euch auch in Atem …«

Sie beugte sich prüfend über Oma Hedia.

»Dürfte ich mal Ihren Puls fühlen? Und nach Ihren Chakren schauen? Vor allem Ihr Herzchakra würde mich interessieren. Sie haben da bestimmt die eine oder andere Blockade, könnte ich mir vorstellen …«

»Nicht *Sie!«,* stieß Oma Hedia entsetzt hervor. Der Schock, dass ausgerechnet Olga sich ihrer annehmen wollte, wirkte Wunder. Oma Hedia öffnete auf einen Schlag beide Augen.

»O meine Göttin, du lebst verborgen mit deinem Gemahl im tausendblättrigen Lotus,
der durch die feinen Bahnen brechend erreicht wird,
durch die Kraft der Erde im Muladhara,
durch die Kraft des Wassers im Manipura, durch die Kraft des Feuers im Svadhisthana,
durch das Feuer der Luft im Herzen und durch die Kraft des Äthers zwischen den Augenlidern …«,

sang Oma Olga allerdings bereits unbekümmert drauflos. Ihre ausgebreiteten Hände schwebten dabei etwa zwanzig

Zentimeter über Oma Hedias fülligem Leib und sie wackelte mit den Fingern dazu, als wären sie kleine, herumflatternde, energiespendende Schmetterlinge.

Oma Hedia richtete sich mit einem Ruck auf und verscheuchte die Schmetterlinge mit einem Knurren.

»Nein! Nein! Nein!«, rief sie dabei aufgebracht. »Erst sehe ich *beinahe* Höschen von dieser … *Dame* – dann singt sie barbarisches Lied!«

»Mutter!«, regte sich Ibrahim auf. »Was soll das denn heißen, um Himmels willen? Du hast beinahe ihr – Höschen gesehen?«

Er schaute kleinlaut zu Olga hinüber. Anscheinend war es ihm sehr unangenehm, über irgendwelche Höschen zu reden, die seine noch nahezu unbekannte Fast-Schwiegermutter am Körper trug.

Pau konnte sich ein Grinsen nicht verkneifen, ihre Oma war auf ihre Weise fast genauso speziell wie Oma Hedia.

»Kein Problem«, erwiderte Olga lässig und winkte ab, aber Oma Hedia, die inzwischen unter Mühen auf die Beine gekommen war, fuchtelte ihr mit dem Zeigefinger unter der mallorcasonnengebräunten Nase herum. »Doch, ist *Problem.* Sie – tragen – zu – kurzes – Kleid! Stellen – Bein – auf – Sofatisch – ab! Jeder – hätte – unter – dünnes – Röckchen – schauen – können! Dann – HÖSCHEN – wäre – zu – sehen!«

Oma Hedias Wangen bebten erneut vor Empörung, während Ibrahim sein Gesicht mit den Händen bedeckte und fassungslos auf einen Stuhl plumpste. Isabella und Olga aber brachen in prustendes Gelächter aus.

Darius verzog keine Miene, er aß einfach nur einen Schokotoast nach dem anderen und schien es nicht mal zu merken.

»Sag mal, willst du platzen?«, fragte ihn Pau leise.

Darius gab keine Antwort, aber immerhin legte er das angebissene Stück Brot ziemlich rasch zurück auf seinen Energieschnörkelteller.

Pau lächelte ihm zu. Dann wandte sie sich an die Erwachsenen.

»Mama? Oma? Hört gefälligst auf zu lachen! Ihr seid sowas von *unhöflich!* Ibrahim, Oma Hedia kommt doch aus einer ganz anderen Welt! Du musst ihr das alles besser erklären …«

Pau seufzte. Irgendwie war alles sehr kompliziert in der letzten Zeit.

Oma Hedia stand inzwischen schwer atmend mitten im Wohnzimmer. Sie schien nach Worten zu suchen. Aber anscheinend fielen ihr keine passenden ein.

In dem Moment kam Roschan nach unten. *Krsch … krsch … krsch … krsch …*, knarrten die alten Stufen unter seinen schlurfenden Füßen.

Noch nie war jemand in diesem Haus derart langsam und schwerfällig die alte Holztreppe nach unten gegangen. Nicht mal Oma Hedia.

Aus diesem Grund drehten sich alle zu ihm, aber Roschan beachtete sie gar nicht. Er durchquerte einfach nur, ohne jemanden anzusehen, das Wohnzimmer, schlüpfte wie in Zeitlupe durch die offen stehende Terrassentür und verschwand im Garten.

»Herrje …«, sagte Olga mitfühlend. »Was ist denn jetzt mit diesem hübschen Knaben los? – Bis eben dachte ich noch, er wäre der einzige Vernünftige unter diesen verrückt gewordenen Kindern!«

Ibrahim schien das ähnlich zu sehen. Jedenfalls trat er ebenfalls an die Terrassentür.

»Roschi?«, rief er vorsichtig in den Garten hinaus. Ein paar von Alis Bienen summten vorüber, aber von Roschan war bereits keine Spur mehr zu entdecken.

Ibrahim drehte sich um. »Darius, weiß du – vielleicht, was dein Bruder hat …?«

Aber Darius – – – gab keine Antwort.

Ibrahim stand kopfschüttelnd in der Terrassentür und stammelte nur noch »Achachach« und das hatte Pau von ihm schon sehr lange nicht mehr gehört.

14
Alis Welt

»Wir müssen da unbedingt einiges … nun ja … klären.«

Ali kniff die Augen zusammen. Was kam jetzt wieder? Gestern erst hatte Lars Schmidthuber ihr erklärt, dass sie – erstens – bitte aufhören solle, weiter nach ihren Bienen zu jammern, da er sie unter keinen Umständen hierher in sein Appartement holen könne (»Wie stellst du dir das vor, Ali? Soll ich sie in den kleinen Vorgarten stellen? Mehr Garten gibt es hier schließlich nicht! Laut Hausordnung dieses Wohnkomplexes ist es garantiert verboten, auf diesem Areal Bienen zu halten!«), dass sie sich – zweitens – zukünftig bitte gründlicher die Füße an der Fußmatte vor der Wohnungstür abwischen möge, da sie ansonsten zu viele Steinchen und andere *Ferkeleien* hereintrage, und dass sie – drittens – darauf achten solle, in Zukunft nicht mehr die Diätjoghurts von der Tussi zu verspeisen! Natürlich hatte er nicht Tussi gesagt, aber Ali hatte in ihrem Kopf *Tussi* gehört!

Was kam wohl heute? Statt schöner Wochenendausflüge und schattiger Gartenplätzchen eine Standpauke?

»Drei T-Shirts auf dem Sofa, Ali! Einmal Turnschuhe in der Küche! Einmal *Flip-Flops* im Flur! (Übrigens sehr schlecht für die Füße!) Einmal Sandalen SEHR UNORDENTLICH vor der Haustür! Umgefallenes Saftglas auf dem Balkon! Kekskrümel auf dem Esstisch! Eiskleckse (drei Stück!) auf dem Boden im Gästezimmer …«

Ihr Vater sah sie leidend an. Leidend und verstimmt.

»Hmm …«, grummelte Ali abwartend. Kam da noch mehr? Immer positiv denken, beschwor sie sich innerlich. So viel hatte sie immerhin von Isabella gelernt.

Was gab es also – Positives?

Okay, ihr Vater hatte ihr immerhin die besagten Turnschuhe und die Sandalen *gekauft!* (Gekommen war sie mit ihren zitronengelben *Flip-Flops.)* Und auch ein paar neue T-Shirts, eine Dreiviertelhose, einen Satz H&M-Unterwäsche und eine Zahnbürste und Zahnpasta! Die Tussi hatte in der gleichen Zeit allerdings auch eine Menge Kram abgestaubt – der bestimmt deutlich teurer gewesen war als die Sachen für Ali.

Mehr fiel ihr, wenn sie ehrlich war, nicht ein.

»… so kann das nicht weitergehen!« Er sah sie grämlich an. »Gelobst du Besserung?«

Ali runzelte die Stirn. Was sollte das denn? Besserung geloben? Wie stellte der Trottel von einem Vater sich das vor?

»Soll ich vielleicht einen, äh, Fahneneid darauf leisten, dass mir nie mehr ein – ÜBRIGENS LEERES – Saftglas umkippt?«

In Alis Magen schien plötzlich – trotz der Hitze – eine Art Eisklotz zu liegen. Konnte es sein, dass einem der *eigene Vater* nicht sehr sympathisch war? Sie dachte für einen Moment probeweise an Ibrahim. Der war lustig – tierlieb – entspannt – und bekam auch keinen halben Nervenzusammenbruch, wenn einem mal etwas umfiel oder kaputtging. Und herumliegende Sachen? Bei Ibrahim lag selbst immer eine Menge herum, aber trotzdem war es ziemlich gemütlich in seiner Umgebung.

Okay, in der *Bruchbude* gab es die eine oder andere Maus. Und ja, die Holzdielen in den Räumen waren ziemlich abgewetzt und einmal hatte sie sich tatsächlich eine Zehe an

einem Splitter blutig geratscht … Allerdings hatten Isabella und Ibrahim auch immer wieder betont, dass jeder, der die Rosmerthastraße 3 betrat, dies dringend nur in Schuhen tun solle, bis die Fußböden alle abgeschliffen sein würden!

Ali starrte auf den weißen Fliesenboden im Wohnzimmer ihres Vaters. Hier war alles piekfein, keine Frage. Hier hätte man vom Fußboden … essen können. Aber – wie oft aß man in Wahrheit schon von Böden?

»Wollen wir vielleicht heute Abend hier picknicken?«, fragte sie probehalber, um der Sache auf den Grund zu gehen. Sie deutete mit der rechten, großen Fußzehe auf den piekfeinen Boden.

»Wie bitte?«

Ihr Vater sah sie irritiert an. »Was spricht gegen ihn?«

Er deutete mit dem Daumen auf den langen grauen Designer-Esstisch hinter seinem Rücken (der Tisch erinnerte Ali immer an einen Operationstisch im Krankenhaus).

Sie gab es auf.

»Ist schon okay …«, murmelte sie ergeben.

»Also, sind wir uns einig, dass du dich etwas besser – anpasst und die Spielregeln in dieser Wohnung akzeptierst?« Doch eine Antwort wartete er gar nicht erst ab.

Oh Mann, ihr Vater war wirklich so ein Vollidiot! Auch wenn es traurig war, sich das einzugestehen.

Nachdenklich ließ sie sich auf das Mitten-im-Zimmer-Sofa plumpsen und starrte auf ein gerahmtes Bild an der Wand.

Darauf waren ihre Großeltern väterlicherseits abgebildet. Sie waren, als Lars gerade mal sechzehn Jahre alt gewesen war, bei einem Verkehrsunfall ums Leben gekommen.

Ali sah zu ihrem Vater hinüber, der schon wieder auf sein MacBook starrte und die Welt um sich vergessen hatte.

Eigentlich konnte er einem leidtun.

Das Leben war eben echt eine komplizierte Sache.

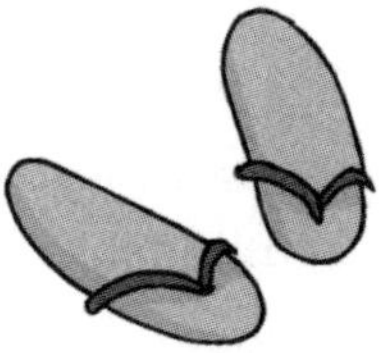

15
Schweinealarm

Genau eine Woche war Alis und Paus *Freak-Oma* nun schon zu Besuch. In eben diesem Moment hörte Roschan sie draußen im Garten nach Runtervomsofa rufen.

Er selbst hatte sich vorsichtshalber in seinem Zimmer verbarrikadiert und starrte dort mit gerunzelter Stirn und zusammengekniffenen Augen auf den Bildschirm seines Laptops.

Von draußen pochte jetzt auch noch Pau an seine versperrte Zimmertür. War das zu fassen? *Warum konnte man nie mal seine Ruhe haben in diesem verdammten Haus?*

»Huhu? Roschan? – Mach doch mal auf! Sag mal – ist Runtervomsofa zufällig bei dir?«

Roschan gab keine Antwort. *Dünne Gurkenscheiben?*

»He, Roschan? Hallo, hallo?«

Pau klopfte weiter. »Außerdem hat eben Isi auf dem Festnetz angerufen, weil dein Handy angeblich ausgeschaltet ist. Du sollst sie zurückrufen! Es geht um euren Kanal! – Und Mina hat es auch schon probiert …«

Apfelessig? Backpulver? Kokosöl …?

»Und vielleicht könntest du dich auch endlich mal mit Darius befassen? Er ist immerhin *dein* Zwilling! Falls es dich interessiert, womit er seine Zeit verbringt? Er sitzt die ganze Zeit unten im Wohnzimmer rum und starrt trübe vor sich hin … Mit Mathe hat er sich schon *seit Tagen* nicht mehr beschäftigt!«

Roschan verplombte innerlich seine Ohren und klickte eine andere Seite an.

Die Wahrheit über Akne – 7 Tipps, die wirklich helfen!

Das klang vielversprechend! Was ging ihn denn Darius' komisches Benehmen an? Er hatte gerade echt schlimmere Sorgen …

1 Teelöffel Kurkumapulver mit ausreichend Wasser oder Rosenwasser zu einer Paste verarbeiten, auf die betroffenen Hautstellen verteilen und trocknen lassen. Die getrocknete Paste mit kaltem Wasser abspülen …

Kurkuma? Dieses gelbe Ingwergewürz, das Ibrahim dauernd zum Kochen benutzte? IN SEIN GESICHT statt in den Reis?

Nee, also wirklich nicht – darauf verzichtete er dankend! Er hatte echt keine Lust, wie ein indisches Reisgericht zu riechen!

»Um noch mal auf Runtervomsofa zu sprechen zu kommen …«

Pau war ja immer noch vor seiner Tür! Hatte sie nichts Besseres zu tun?

Roschan scrollte hoffnungsvoll die *7-Tipps-gegen-Akne-Seite* weiter hinunter. Gab es denn nicht irgendeine … nun ja … magische Pille, die ihn – quasi – über Nacht heilen konnte?

Angefangen hatte es vor etwa zwei Wochen noch ganz harmlos. Mit einem einzigen Minipickel auf der Stirn, perfekt verborgen unter seinem lockigen Pony. *Aber* seitdem? Seitdem mutierte er praktisch! Zu einem Streuselkuchengesicht! Insgesamt sieben Ungetüme hatte er allein heute Morgen im Bad in seinem Gesicht entdeckt: Stirn, Stirn,

Stirn, Nase, Nasenflügel, Kinn, linke Wange … GRUSEL! – Okay, die Dinger waren bisher nur klein, aber SEHEN konnte man sie trotzdem! So konnte er sich doch nicht aus dem Haus wagen. Und schon gar nicht vor die Kamera! Dort hatte der ganze Mist ja überhaupt angefangen.

Mit so einer Akne-Armee im Gesicht würde ich mich nicht vor die Kamera trauen!!!, hatte nämlich irgend so ein Vollidiot unter seinen letzten Film gepostet. ALS ALLERERSTEN KOMMENTAR! Und drei weitere Leute hatten ebenfalls in der Richtung ihren Senf dazugegeben. *Pick-Face! Kauf dir CLERASIL! usw.*

Das war der Tag gewesen, als er in den Garten geflohen und dort ziemlich lange geblieben war!

Roschan seufzte tief. Warum hatte nur ausgerechnet *er* diese … fiesen *Dinger* im Gesicht? Was war mit Darius? Warum war der verschont? War das vielleicht gerecht? – Sein Zwillingsbruder könnte auch mit Pickeln im Gesicht problemlos in seine Mathebücher starren und Logarithmen berechnen. Aber der Hirni hatte natürlich eine blütenreine Pfirsichhaut!

Sein Youtube-Kanal würde vermutlich blitzschnell den Bach runtergehen, wenn er zu einem Pickelmonster mutieren würde. Und zum Sexiest Boy würde ihn auch keiner mehr wählen. Nicht, dass ihm das wichtig war – aber dennoch …

Pau rüttelte ungeduldig an der Türklinke, aber Roschan riss endgültig der Geduldsfaden.

»Hier ist *kopftuchfreie Zone,* kapiert?«, rief er sauer. »Schwirr ab, du verschleierte Nervensäge!«

»Idiot«, zischte Pau gekränkt zurück. Sie war doch nur auf der Suche nach Runtervomsofa, um ihr die tägliche Bierhefetablette gegen Zecken zu geben. Die Katze war zum Glück verrückt nach den kleinen braunen Pillen. Seit Darius nämlich herausgefunden hatte, dass sie DAS Katzenwundermittel gegen Zecken waren, blieb Runtervomsofa endlich von diesen ekligen Blutsaugebiestern verschont!

Pau trottete schulterzuckend wieder nach unten.

»Darius? Ist Runtervomsofa inzwischen aufgetaucht?«

Darius, der im Schneidersitz auf dem Sofa saß und gar nichts tat, schüttelte den Kopf. Weit und breit kein Mathebuch in Sicht. Wenn das nicht unheimlich war! Pau konnte sich kaum erinnern, ihn je ohne mindestens einen Matheschmöker in seiner unmittelbaren Nähe erlebt zu haben.

»Verdammt, sie ist schon ziemlich lange weg …« Pau spähte besorgt in den Garten hinaus. Auch von Oma Olga war nichts mehr zu sehen.

»Ali dreht durch, wenn ihr was passiert ist …«

Darius gab keine Antwort. Pau drehte sich um, während sie die Schachtel mit den Anti-Zecken-Tabletten erst mal auf die Dies-und-das-Kommode warf.

»Wie lange willst du das eigentlich noch durchhalten?«

Klar, immer noch keine Antwort.

»DARIUS!«

Er sah sie nur stumm an. Da packte Pau ihn an den Handgelenken und schüttelte sie.

»Was hast du bloß? Warum redest du nicht mehr …? Ist

das eine Art ... Tick? Oder hast du – irgendein *ernsthaftes Problem?* Ist es wegen der Klopperei mit Nase? – Dafür danke ich dir echt *tausendmal* ...«

Darius runzelte die Stirn. Dann – nachdem Pau ihn wieder losgelassen hatte – kramte er plötzlich einen Stift aus seiner Hosentasche. Suchend schaute er sich nach einer beschreibbaren Unterlage um. Als er nichts fand, griff er kurz entschlossen nach Paus Arm.

Versuche, zu regenerieren!, kritzelte er in seiner vertrauten Minischrift verkehrt herum darauf. Verkehrt herum darum, weil es so in Paus Leserichtung geschrieben war.

»Du versuchst – was?«

Alles zu viel!, schrieb Darius erklärend und mit niedergeschlagener Miene in eine zweite Zeile auf Paus bereits sommergebräunten Unterarm.

»*Was* ist zu viel?«

Pau starrte auf ihren beschriebenen Arm und schob sich gleichzeitig das rote Glitzerkopftuch zurecht. Oh Mann, es war so heiß darunter. Aber es gab Schlimmeres!

Ekeltypen wie Nase und Hardy zum Beispiel. Die waren es allemal wert, sich unter einem Kopftuch zu verstecken. Da konnte Isabella so viel jammern und klagen, wie sie wollte!

Eben alles!!!, fügte Darius düster in noch kleineren Minibuchstaben hinzu. Nach den drei winzigen Ausrufezeichen stopfte er den Stift eilig zurück in die Hosentasche.

Genau in dem Moment hörten sie draußen im Garten Stimmen.

»Paulina? – Huhu, Paulina – bist du da?«

»Oh, da sind ja Mayla und Amira!«

Pau sprang auf. Da standen die beiden auch schon auf

der sonnigen Terrasse und wischten sich gleichzeitig den Schweiß von der Stirn. Kein Wunder. Der Sommer machte seinem Namen heute echt alle Ehre. Das passte zu den frühesten Sommerferien ever! Im vergangenen Jahr hatten die einen ganzen Monat später angefangen.

»Salam aleikum«, sagte Mayla und warf sich in die altersschwache Hollywoodschaukel, die Ibrahim vor ein paar Tagen erfolgreich bei Ebay ersteigert hatte.

»Hi«, sagte Amira weniger gottesfürchtig und schmiss sich neben sie.

»Was macht ihr denn hier? Ich dachte, ihr seid mit ein paar Freundinnen beim Mädchenschwimmen?«

Pau trat verwundert über die Schwelle ins Freie.

»Waren wir auch. Aber Fatima und Sibel haben sich mal wieder gezofft. Und plötzlich hatten alle keine Lust mehr …«

Amira verdrehte die Augen. »… wir wollten dann eigentlich zu Mayla, weil bei mir heute keiner zu Hause ist und ich schlüssellos aus dem Haus gegangen bin …«

Mayla machte ein zerknirschtes Gesicht und fächelte sich gleichzeitig mit der Hand einen Hauch frische Luft zu – oder versuchte es zumindest. »Aber als wir bei mir waren, war da auch keiner – und erst da habe ich gemerkt, dass ich meinen Hausschlüssel auch nicht eingesteckt habe.«

»Und weil wir in der Zwischenzeit schon halb verdurstet und verhungert sind, dachten wir, wir schauen mal bei dir vorbei«, ergänzte Amira. Sie lächelte hoffnungsvoll und lüftete mit einem Finger ihr blaues Kopftuch, um einen Lufthauch an ihre verschwitzten Haare zu lassen.

Pau grinste. »Klar – gute Idee.«

Ihr Blick fiel auf das kleine Stück Wiese vor dem Gartenschuppen, in dem immer noch struppig-traurig Alis Rosen herumstanden. Dort warf der Apfelbaum praktischerweise einen prächtigen Schatten.

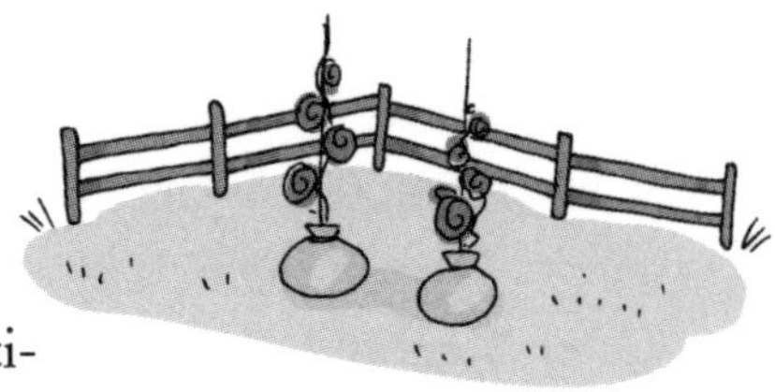

»Wollen wir vielleicht ... ein Picknick machen? Mit Eistee und Chips und so? – Ich habe heute noch nichts vor ...«

Maylas und Amiras Augen leuchteten bei diesen Worten auf.

Zu dritt stürmten sie die Küche und beluden sich mit Lebensmitteln.

»Oh, Chips sind leider alle«, sagte Pau bedauernd, die vornübergebeugt in der Speisekammer herumkramte.

»Nicht schlimm«, rief Mayla, die sich mit Bio-Eistee aus dem Kühlschrank und Eiswürfeln in Vampirgebissform aus dem Gefrierfach belud.

»Äh, habt ihr keine normalen Eiswürfel?« Sie warf einen nicht sehr begeisterten Blick auf die spitzen, aus Wasser gefrorenen Eiszähne.

»Leider nein.«

Paus Stimme klang leicht verlegen. Nur gut, dass Mayla nicht noch tiefer im Eisfach gekramt hatte, denn dort gab es noch weitere schräge Eiswürfelformen. Einmal Eisbusen (!!!), die Isabella mal aus Paris mitgebracht hatte, und dann Eisfüße, die Ibrahim gehörten. Yussuf, der Gute, hatte sie ihm zum letzten Geburtstag geschenkt.

Normale Eiswürfel in Würfelform gab es im Haushalt Schmidthuber/Al Bazi gar nicht. Das musste auch mal anders werden, dachte Pau eine Spur gereizt.

»Pauline, meinst du, wir können auch ein paar von den

kleinen Cherrytomaten nehmen?«, erkundigte sich Amira mit dem Kopf im Kühlschrank, gerade als Pau eine Tüte Salzbrezeln und eine Packung Mikrowellenpopcorn entdeckte. »Ich liiiiebe nämlich Cherrytomaten!«

»Klar«, knirschte Pau durch die Zähne, denn sie riss eben in diesem Moment mit ihnen die Popcornpackung auf, um an die Zubereitungsanleitung zu gelangen. Wer hatte das wohl gekauft? Isabella hasste Mikrowellenkram wie die Pest und dass sie überhaupt noch eine Mikrowelle hatten, lag einzig und allein daran, dass ihr Vater sie bei seinem Auszug vergessen hatte. Und dann hatte er sich in seiner neuen Wohnung einfach eine neue zugelegt. Isabella tat immer so, als sei eine Mikrowelle fast so gefährlich wie ein Atomkraftwerk – und darum stand das zurückgelassene Strahlengerät auch im hintersten Winkel der Speisekammer.

Das Mikrowellenpopcorn musste Oma Olga angeschafft haben, anders konnte es nicht sein. Sie hatte einen recht eigenwilligen Geschmack und schaffte gerne skurrile Lebensmittel an. Rosa Mäusespeck, XXL-Marshmallows, salziges Lakritz, Handkäs mit Musik, *Tote Oma* und solche Sachen gingen immer auf ihr Konto.

Komisch eigentlich, dass Isabella ihre Tochter war!

Pau legte das platte, schlabberige Popcorntütchen zufrieden in die Mikrowelle und drückte auf Start. Popcorn war in jedem Fall mindestens so gut wie Chips!

Während die Mikrowelle summte und es im Inneren des Gerätes leise zu ploppen begann, warf sie selbst noch einen prüfenden Blick in den Kühlschrank. Gut, dass Ibrahim gestern Abend noch einen Großeinkauf gemacht hatte.

Pau belud sich mit Trauben, Tofubällchen und Radies-

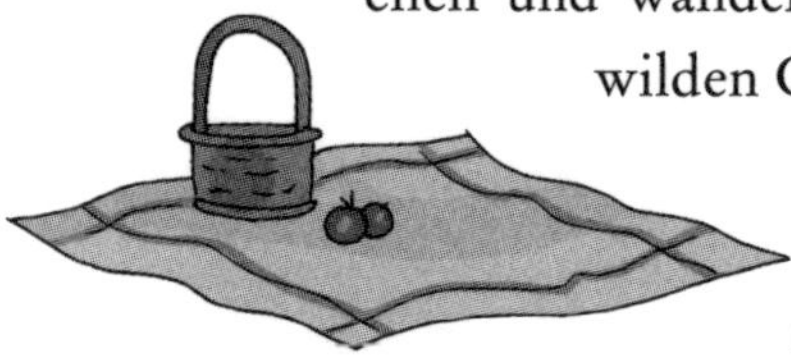

chen und wanderte hinter Amira und Mayla in den wilden Garten hinaus.

Unterwegs stieß sie auf Darius, der untätig im Wohnzimmer herumtigerte.

»Holst du mal das Popcorn aus der Mikrowelle?«

Darius nickte stumm, aber Mayla stieß Pau verstohlen in die Seite.

»Was ist?«

»Oh, bitte – nicht *er.*«

»Warum denn nicht?«

»Äh, Paulina, er ist ein … Du weißt schon …«

»Ein – was? Ich verstehe kein Wort!«

»Na, ein *Junge …*«

»Und?«

»Ich *mache* nichts mit Jungen!«

Pau blieb stehen. »Er holt doch nur das Popcorn …?«

Mayla verdrehte die Augen. »Ja, und dann trägt er es raus – und dann will er auch was – und dann setzt er sich zu uns … *Und dann haben wir ihn für den Rest des Nachmittags am Hals!*«

In dem Moment kam Darius auch schon mit dem Popcorn in der einen und seinem Handy in der anderen Hand aus der Küche. Er steckte es rasch in seine Hosentasche. Bestimmt hatte er wieder mal die Knöpfe des Herds fotografiert, schoss es Pau durch den Kopf. Das fertige Popcorn hatte er in eine rosa Energieschnörkelschüssel gekippt. Klar, dass er keine tanzenden Chinesen genommen hatte. Darius war mies drauf, das war nicht zu übersehen.

»Danke«, sagte Pau und lächelte ihm aufmunternd zu.

Darius nickte knapp und verdrückte sich eilig Richtung Obergeschoss.

»Siehst du, er kommt gar nicht mit«, sagte Pau an Mayla gewandt.

»Allah sei Dank …«

Mayla grinste erleichtert, aber Pau schaute für einen Moment nachdenklich vor sich hin.

Draußen warfen sie sich ächzend ins Gras.

»Was für eine Hitze!«

Pau überlegte zum ersten Mal, sich des roten Kopftuchs wieder zu entledigen. Wenigstens so lange sie hier draußen im Freien waren und von der Sonne geröstet wurden. Aber dann ließ sie es doch. Amira und Mayla hatten ihre Tücher schließlich ebenfalls auf und war es nicht sogar eigentlich besser, bei solch brutalem Sonnenschein etwas auf der Birne zu haben? Na also. So riskierte sie wenigstens keinen Sonnenstich. Oma Olga hatte früher auch immer darauf bestanden, dass die Zwillinge im Sommer Sonnenkappen trugen, wenn sie draußen unterwegs waren. Und ob sie nun eine Baseballkappe oder ein Kopftuch trug, war ja wohl Jacke wie Hose. Oder etwa nicht?

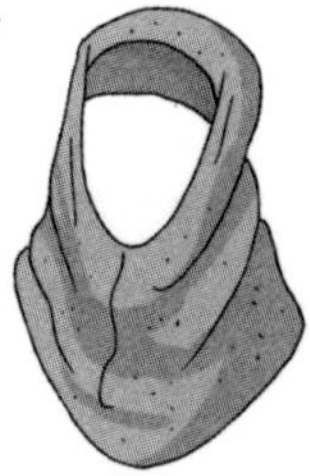

Pau schenkte Eistee ein und zu dritt ließen sie sich ihr spontanes Picknick schmecken.

»Lecker, lecker, lecker – Popcorn«, sagte Amira zufrieden und stopfte sich eine ganze Handvoll auf einmal in den Mund.

Pau knabberte unterdessen Salzbrezeln, Trauben und Radieschen.

»Und was ist das?«, erkundigte sich Mayla, die bäuchlings im Gras lag, und deutete auf Isabellas Tofubällchen, die durcheinandergemischt mit den kleinen Cocktailtomaten in einer Schüssel lagen.

»… aus Tofu, Kichererbsenmehl und Johannisbrotkernmehl! Vegetarisch, vegan, wahnsinnig gesund!«

Pau kicherte. Sie hörte sich in dem Moment beinahe wie Isabella an.

Mayla nahm eine Spur misstrauisch eines der kleinen Bällchen und steckte es in den Mund. Sie kaute prüfend.

»… gar nicht schlecht«, sagte sie dann. *»Tofu?* Habe ich noch nie gegessen. – Bei uns zu Hause brät meine Mutter die Fleischbällchen immer aus Kalbfleisch.«

Kalbfleisch? Pau schauderte. Um Himmels willen: Kälber waren doch – wie Lämmer – *Babys!* Fleisch zu essen war an sich ja schon so eine Sache! Aber Fleisch von Tierbabys war, falls so was überhaupt möglich war, noch viel *gruseliger!*

»Ach, verflixt, und nächste Woche beginnt ja leider schon der *Fastenmonat«*, fiel Amira in diesem Augenblick ein. Sie seufzte und schnappte sich rasch eine neue Handvoll Popcorn. »Grässlich!«

Sie kaute krachend. »Ramadan ist echt … puh! Dauernd sind alle schrecklich gereizt vor Hunger und …«

»Macht ihr da mit?«

Pau sah ihre neuen Freundinnen neugierig an. Die drei muslimischen Jungen, die mit ihr und Ali in die Klasse gingen, fasteten nicht, wenn Ramadan war. Ihre Eltern erlaubten es ihnen nicht. Wegen Wachstum und Konzentration und so weiter.

»Natürlich!«, sagte Mayla wie aus der Pistole geschossen.

»Also – ich weiß es noch nicht.«

Amira zuckte mit den Schultern, während sie die letzten Popcornbrösel aus der Energieschnörkelschüssel fischte. »Meine Eltern möchten eigentlich nicht unbedingt, dass ich mitfaste. Nur meine Großeltern und mein Onkel wollen es!«

»Bei uns fasten *alle!* Sogar mein Urgroßvater – und der ist schon über neunzig!«

Mayla schnappte sich zufrieden das letzte Tofubällchen. Sie kaute genüsslich. »Echt lecker, die Dinger! Tofu … Das muss ich mal meiner Mutter sagen!«

In dem Moment trat Oma Olga in den Garten.

»Pau?«, rief sie von der Terrasse herüber. »Ich will ja nicht stören, aber ich habe drei Fragen …«

»Was für Fragen?«

Pau war etwas verlegen. Oma Olga war ärgerlicherweise mit nichts anderem als einem knappen, geblümten Bikini bekleidet. – Was Mayla und Amira wohl bei ihrem Anblick dachten? Pau wollte es sich lieber nicht so genau vorstellen.

»Erstens hat Ali angerufen. Sie will wissen, ob du daran denkst, die Bienen bei der Hitze mit zusätzlichem Wasser zu versorgen …«

»Ja, klar!«

Pau verdrehte die Augen. Hatte sie Ali nicht versprochen, nach Lady Gaga und ihrem Volk zu sehen? Da war es echt nicht nötig, dauernd nachzuhaken, ob sie auch dies und das nicht vergaß! Besser wäre es, Ali würde sich endlich dazu durchringen, zurück nach Hause zu kommen.

»Zweitens, weißt du, wann Isabella nach Hause kommt? Sie geht nicht an ihr Handy.«

»Ist mit Ibrahim bei der Schwangerschaftsvorsorge – aber das *weißt du doch …!*«

Pau war es echt peinlich, solche Sachen in Maylas und Amiras Gegenwart laut durch den Garten zu rufen.

»Ach ja!«

Oma Olgas Stimme klang hocherfreut. »Bin mal gespannt, ob man endlich sehen kann, ob es ein Junge oder wieder ein Mädchen wird. – So ein kleiner Schniedelwutz müsste doch allmählich mal im Ultraschallgerät zu erkennen sein …«

Pau warf Oma Olga einen entsetzten und ihren neuen Freundinnen einen entschuldigenden Blick zu.

Oma Olga kam unterdessen näher. »Und drittens wollte ich fragen, ob du weißt, wo meine kleinen Fleischbällchen sind. Ich habe die heute Vormittag extra in diesem neuen Feinkostlädchen am Marktplatz gekauft … Ihr habt sie doch hoffentlich nicht an die verrückte Katze verfüttert, oder? Das war feinstes Bioschweinefleisch! Höllisch teuer!«

Mayla wurde blass. Sie starrte auf die leere Porzellanschüssel, die vor ihr im Gras stand. Eine einzige, einsame Cherrytomate lag noch darin. Mehr nicht.

»… das war …? DAS WAR …?«, stotterte sie. Ihre Stimme klang vor Entsetzen dünn.

»Oh …«

Auch Pau wurde jetzt blass vor Schreck. SCHWEINEFLEISCH? Wieso, um alles in der Welt, kaufte Oma Olga Fleischbällchen aus *SCHWEINEFLEISCH?*

Mayla war aufgesprungen. Sie schaffte es gerade noch hinter den kleinen, schäbigen Gartenschuppen.

»Es … es TUT MIR LEID!«, rief Pau, die ebenfalls aufgesprungen war, ihr hinterher. Hinter dem Schuppen waren angewiderte Ausspuckgeräusche zu hören.

»MAYLA? – Hörst du? Es tut mir wirklich schrecklich, schrecklich, schrecklich LEID!«

»Wasser!«, rief Mayla, ohne auf Paus Entschuldigung zu achten, und hechtete bereits wieder hinter dem Schuppen hervor. »Ich brauche Wasser! Lasst mich durch! Schnell …« Sie stürmte über die Wiese und rannte ins Haus. Pau und Amira hinterher. Mayla hing bereits über der Spüle, als Pau und Amira in die Küche geschlittert kamen. Sie hatte das kalte Wasser aufgedreht und gurgelte wild.

»Mistmistmist …«, murmelte Pau.

»Alles halb so schlimm«, flüsterte Amira beruhigend. »Es war ja nur ein Versehen! Das ist schon vielen gläubigen Muslimen passiert …«

Mayla fuhr herum. *»Halb so schlimm?«,* schrie sie. »Eine KATASTROPHE ist das!«

Sie packte Amira wild am Arm. »Los, gehen wir! – Ich … muss Buße tun! Jetzt sofort! Ich werde trotz der Hitze dicke Wollpullis tragen. Am besten den schrecklich kratzigen Winterpulli von Hamed, meinem Bruder! Außerdem werde ich dreimal am Tag unsere Toilette putzen! Und vielleicht auch die Klos in der Schule …!«

Amira kniff die Augen zusammen. »Äh, Mayla, dreh jetzt nicht durch, okay …?«

In dem Moment kam zum Glück Oma Hedia nach Hause. Noch nie war Pau so glücklich über ihren Anblick gewesen.

»Was hier los?«, fragte sie, kaum dass sie über die Schwelle getreten war. Sie schaute misstrauisch in Maylas verweintes Gesicht.

»Mayla hat versehentlich …«, begann Pau hastig, aber Mayla schrie auf.

»Nichts sagen! Nichts sagen!«, befahl sie voller Panik. Sie stürmte nach vorne und versuchte, Pau den Mund zuzuhalten.

»… äh, Schweinefleisch gegessen«, beendete Amira schulterzuckend Paus angefangenen Satz.

Mayla schlug bei diesen Worten die Hände vors Gesicht und begann erneut, bitterlich zu weinen.

»Daran war allerdings ich schuld«, mischte sich nun auch wieder Oma Olga ins Gespräch. Ihre Stimme klang zerknirscht.

Hedia bedachte Olga mit einem nicht gerade vor Herzlichkeit überschäumenden Blick, aber im Ganzen betrachtet schauten ihre Augen dennoch eher … milde als entsetzt. Sie trat zu Mayla und umhüllte sie beruhigend mit ihrem schwarzen Tschador (wie ein schwarzes Huhn mit wimmerndem Küken sahen die beiden aus, schoss es Pau für einen Moment durch den Kopf, aber schnell verscheuchte sie den Gedanken wieder. Immerhin war sie nicht ganz unschuldig an Maylas Zustand).

»Nu, nu, nu …«, murmelte Oma Hedia unterdessen freundlich. »Ist ja alles halb so schlimm … Steht im Koran geschrieben: Wenn du hast versehentlich getan – dich trifft keine Schuld, mein Häschen …«

»Na also«, rief Oma Olga erleichtert. »Puh, da bin ich aber froh! Wusste ich doch, dass Gott da nicht so ist!«

»Hab ich doch gesagt!«, schoss Amira hinterher. Sie warf Mayla einen dezent vorwurfsvollen Blick zu. »Und du wolltest schon Hameds verschwitze Winterpullis auftragen! Und tausend Klos putzen!«

Kichernd stieß sie Mayla in die Seite.

16
Haferflocken

Ibrahim ist echt nett! Er hat gestern angefangen, deine Rosen …

Pau hielt einen Moment inne. Sie war eigentlich dabei, Ali eine Komm-endlich-wieder-nach-Hause-Nachricht zu schreiben, aber gerade war unverhofft Roschan ins Wohnzimmer geschlurft. Er machte allerdings ein Gesicht wie sieben Tage Regenwetter – wobei man streng genommen in diesem Zusammenhang nicht wirklich über sein Gesicht sprechen konnte, denn von dem war nicht viel zu sehen. *Was hatte er nur angestellt?* Roschans sonst so makelloses Antlitz war – mit etwas … bedeckt, was Pau entfernt bekannt vorkam.

KONNTEN DAS TATSÄCHLICH … ÄH … IN MILCH AUFGEWEICHTE HAFERFLOCKEN SEIN?

»Was … was hast du denn da fabriziert?«, fragte Pau vorsichtig, denn Roschans Augen hatten zwar einen trüben, aber gleichzeitig auch ziemlich wütenden Ausdruck. Vom Kinn tropfte es weißlich, während die Haferflocken an der Stirn schon ziemlich eingetrocknet aussahen. Sie schlugen dort oben nämlich bereits kleine gräuliche Runzeln.

»Warum fragst du, wenn du es doch SIEHST?«, schoss er knapp zurück. Er warf Pau einen finsteren Blick zu, der unmissverständlich signalisierte, dass er keine weiteren Fragen hören wollte.

Und dann passierte, was passieren musste. Seit sie in diesem Haus wohnten, kam es immer häufiger vor, dass Besucher nicht mehr an der Haustür läuteten, wie es sich gehörte, sondern einfach plötzlich zur Terrassentür hereinschauten.

Und so war es auch jetzt.

»Hi! *Überraschung*! Wir sind es ...«, riefen Isi und Mina und polterten auch schon über die Terrassentürschwelle.

»Oh? Oberkackensuperscheiß!«, keuchte Roschan, blickte sich wild um, riss kurzerhand die Kühlschranktür auf und steckte seinen Kopf dort zwischen zwei Kühlablagen. Von hinten sah es so aus, als betrachte er den Blumenkohl, der dort lag, intensiv und aus allernächster Nähe, um ihn ... worauf auch immer zu prüfen.

»Äh, Roschan?«, fragte Isi und schaute von dort, wo sie stand, in die offen angrenzende Wohnküche.

Roschan gab keine Antwort. Er stierte ins Innere des Kühlschranks und rührte sich keinen Millimeter.

Isi schüttelte verwundert den Kopf, kam näher und tippte ihm auf die Schulter. »Alles klar bei dir?«

»Jaah, alles klar ...«, nuschelte Roschan, ohne sich umzudrehen.

Pau verbiss sich ein Lachen. Das müsste Ali sehen! Dann würde sie vielleicht endlich wieder Vernunft annehmen!

Roschan, mit Haferflockenmus im Gesicht, den Kopf im Kühlschrank, war es echt nicht wert, von zu Hause auszuziehen und sich am anderen Ende der Stadt in Kummer zu vergraben!

»Was hat er?«, wandte sich Lea nun an Pau.

Pau, die sonst nur telepathische Gedankenaustauschs-

Synapsen zu Ali hatte, spürte zum ersten Mal, seit sie ihn kannte, eine Art … geschwisterliches Band zu Roschan … War das möglich? *Sympathiesynapsen für den Sexiest Boy Alive?*

Bisher hatte sie jedenfalls GANZ SICHER noch nie etwas in dieser Richtung in Bezug auf Roschan Al Bazi gespürt. Aber jetzt war da etwas … Sie spürte tatsächlich etwas von seiner Angst, sie könne die … die Haferflockengesichtssache ausplaudern …

»Er hat nichts …«, sagte sie darum hastig und zerbrach sich den Kopf nach einer guten Ausrede. »… er macht nur einen Versuch … äh … er testet, ob … ob kalte Luft einen Einfluss auf das Sehen hat … Er … er hat nämlich gelesen, dass die Menschen in kalten Regionen, nun ja, viel besser sehen können als die übrige Weltbevölkerung … Und er will darüber vielleicht auf eurem Kanal … äh … berichten …«

Okay, das war der pure Blödsinn in Tüten, aber was Besseres war ihr auf die Schnelle eben nicht eingefallen. Wenn Roschan ihr später Vorwürfe wegen des Blödsinns machen würde, konnte er ihr mal den Buckel runterrutschen. Schließlich hatte sie nur versucht, ihm zu helfen.

»… und dazu muss er seine Augen eben … eine volle Stunde, äh, runterkühlen …«

»Okay …«, sagte Mina achselzuckend und leicht verwirrt, wie es schien. »C… coole Idee, Roschan …«

»Ja, genau so ist es«, kam es dumpf (und dankbar!) aus dem Kühlschrank. Roschan schien mit dem Blumenkohl zu sprechen. »Ist echt ziemlich kalt hier drin, aber was soll's … Ist ja für eine gute Sache …«

Mina und Isi wechselten einen Blick. Dann rissen sie sich

endlich von Roschan, dem Heruntergekühlten, los und Mina wandte sich stattdessen an Pau.

»Wir sind sowieso eigentlich deinetwegen gekommen.«

»Meinetwegen?«

Mina nickte. »Wir wollen über dich drehen, wenn's okay ist.«

»Über mich?« Pau machte ein misstrauisches Gesicht.

Isi und Mina nickten eifrig.

»Wieso wollt ihr was über mich drehen?«

»Kopftuch«, sagte Isi und deutete auf Paus Kopf.

Pau runzelte die Stirn.

Roschan, im Kühlschrank, ächzte leise. Anscheinend bekam er allmählich Rückenstarre oder Kälteschock.

»Wollen wir … vielleicht hochgehen?«, schlug Pau aus diesem Grund vor. Die neuen, noch sehr ungewohnten Roschan-Sympathie-Synapsen in ihrem Inneren zwangen sie praktisch zu dem Satz. (Aber diese neuen Synapsen fühlten sich gar nicht so schlecht an, fand Pau, obwohl sie versuchte, sich gegen diese Einsicht zu sperren. *Wurde sie jetzt am Ende wie alle anderen Mädchen?* Verfiel sie Roschan nun auch? Nein, das war es nicht, da war sie sich sicher. Aber trotzdem war ihr Roschan nicht mehr völlig egal. *Er gehörte jetzt zu ihrer Familie.* Immerhin würde er ein Bruder ihres neuen, kleinen Geschwisterchens sein …! Okay – letzte Woche hatte er vorgeschlagen, das Baby, wenn es ein Junge sein würde, *Rambo* zu nennen! Er war und blieb eben ein bisschen … bekloppt, aber darauf allein kam es nicht an! Tief im Innern war Roschan in Ordnung, davon war Pau mittlerweile überzeugt. Warum auch immer.

Immerhin hatte er als Winzling seine Mutter verloren!

Genau wie Darius. Und beide hatten diesen Mist irgendwie unterschiedlich verarbeitet ...)

Mina und Isi nickten erneut. Zu dritt gingen sie nach oben in Paus mittlerweile sonnenblumengelbes Zimmer. Ibrahim hatte es mit einer Farbe ihrer Wahl gestrichen. Das war wieder so eine Sache an ihm: Dauernd machte er einem eine Freude! Bei ihm könnte sich Lars Schmidthuber echt mal eine Scheibe abschneiden, fand Pau.

Kurz nachdem sie oben angekommen waren und Pau sorgfältig die Tür hinter ihnen geschlossen hatte, vernahm sie hastige Schleichschritte, die an ihrer Zimmertür vorüberhuschten, und gleich darauf plätscherte im Badezimmer leise das Wasser. Okay, Roschan war, wie es schien, erlöst ...

Pau grinste vor sich hin. Blieb die Frage, warum er sich sabberige Haferflocken ins Gesicht schmierte. Ob das gut für den Teint war? Immerhin war Roschan ziemlich eitel. Aber ob er so weit gehen würde?

»Wir stellen dir einfach ein paar Fragen, okay? Wie es sich mit Kopftuch anfühlt und so ...«, erklärte Mina in Paus Gedanken hinein.

Isi holte bereits ihre kleine Kamera aus der Tasche.

»Keine Angst, es geht nicht nur um dich«, fügte Mina erklärend hinzu. »Wir haben schon Milena interviewt. Sie ist katholisch und jeden Sonntag Messdienerin beim Gottesdienst ... Und bei Ben waren wir auch. Kennst du ihn? Er geht in die 8c und ist jüdisch ...«

Isi schaltete die Kamera ein. »Und Minas Mutter haben wir auch schon am Wickel gehabt. Sie ist, wie gesagt, Atheistin und glaubt an überhaupt keinen Gott ...«

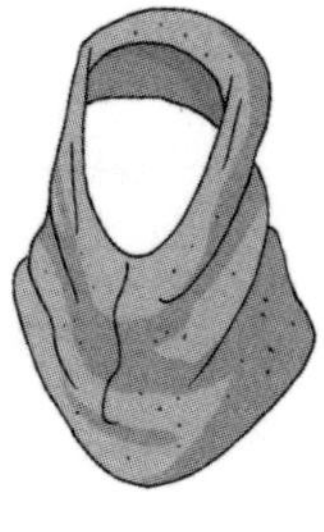

17
Wunderkerzen und Co

Darius war im Garten gewesen. Er hatte bis eben Ibrahims gestern begonnenes Werk vollendet – und Alis sämtliche Rosen aus den Kübeln befreit und in die Erde gepflanzt.

Gestern hatte sein Paps aus dem Grund ungefähr einen Hektar Erdreich umgegraben und den Anfang gemacht, aber jetzt war alles fertig. Hundertfünfzig Liter Wasser waren der krönende Abschluss gewesen! Alle Rosen waren befreit. Viele feine Kletterrosen, dazu ein paar Edelrosen und kleine Rosenbäumchen. Jetzt mussten sie nur noch gut Wurzeln schlagen! Ali konnte echt stolz auf ihre Sammlung sein – vielleicht würde sie später mal eine berühmte Rosenzüchterin werden. Möglich war alles!

Als Darius zurück ins Haus ging, hatte er so intensiv nachgedacht, dass er davon total erschöpft war.

Er wusch sich die Hände und sortierte die Punkte, die ihm so schwer im Magen lagen, in der Reihenfolge ihrer Wichtigkeit in seinem Kopf:

Zuerst Pau. Okay, er liebte sie. Ob geschwisterlich oder tragisch, das würde sich noch herausstellen, aber ganz sicher war sie die absolut wichtigste Person in seinem Leben!

Dann waren da Ibrahim und Roschan. Die beiden waren in Ordnung, auch wenn sein Zwilling ein ziemlicher Macho war in der letzten Zeit. Darius allein wusste, dass sein Bruder manchmal im Tiefschlaf immer noch *Mama* vor sich hinmurmelte ... Doch, doch, Roschan war in Ordnung! Und sein Paps sowieso. – Irre, wie der aufgeblüht war, seit er Isabella kannte! Darius hatte vorher nie gewusst, dass sein Vater sozusagen *einsam* gewesen war ...

Aber jetzt kam das Problem: Isabella und das neue Baby – und der unvorstellbare Gedanke, dass Isabella vielleicht eines Tages mal auf die Idee kommen könnte, Ibrahim wieder zu verlassen ... Immerhin hatte sie auch Paus und Alis Vater verlassen ... Wer kannte sich schon in Frauenköpfen aus?? Er ganz sicher nicht! WAS, WENN ISABELLA, ALI, PAU UND DAS BABY EINES TAGES AUF UND DAVON GEHEN WÜRDEN? Was wäre dann mit *ihm?* Darius hatte in der letzten Nacht das halbe Internet nach juristischen Fakten durchstöbert ... Und es gab nur eine Möglichkeit: Ibrahim und Isabella MUSSTEN HEIRATEN! Nur so bestand wenigstens ein Zipfelchen die Chance, Isabella an ihn zu binden!! Denn wenn sein Paps Isabella heiraten würde, dann – und nur dann – wäre sie seine (und Roschans) gesetzliche STIEFMUTTER! Also eine *Mutter!* Und Darius wollte, verdammt noch mal, nie mehr ohne eine Mutter – – – also ohne Isabella sein! Verflixt noch mal!

Darius seufzte sehr, sehr tief, während er gründlich seine Hände abtrocknete. Verdammt, das Leben war echt eine schwierige Angelegenheit. Dagegen war es ein Klacks, die Wurzel aus fünfzehntausendsiebenhundertdreiundsechzig auszurechnen! Die ergab 125,55! Na also, null Problemo ...

Aber die Sache mit Isabella ...?

Wie sollte er seinen Paps bloß dazu bringen, ihr endlich

mal so was wie einen … äh … Heiratsantrag zu machen? Darius hatte eigentlich das Gefühl gehabt, dass Ibrahim schon ein paarmal kurz davor gewesen war. Zum Beispiel an dem Mittag, als Oma Olga aufgekreuzt war. Da hatte er dauernd so herumgedruckst und seine Augen waren nervös hin und her gehuscht, wie sie es immer taten, wenn Ibrahim etwas auf dem Herzen hatte. Dazu hatte er sich andauernd geräuspert und am Tisch seine Hand auf Isabellas gelegt. Aber irgendwie war nichts draus geworden. Wie so oft aus den Plänen in diesem Haus nichts wurde.

In dem Moment kamen die beiden, über die Darius sich gerade den Kopf zerbrach, nach Hause. Irgendwie übersahen sie ihn – vielleicht weil er sich zum Nachdenken relativ gut verborgen im Schneidersitz vor den Herd gehockt hatte. Oder aber, weil sie so vertieft in ihr Gespräch waren.

»Leni?«, drang Isabellas Stimme jedenfalls plötzlich an Darius' benebeltes Ohr.

»Hm … Oder – *Iphigenie?«* Ibrahims Stimme klang äußerst vergnügt.

»Neinneinnein! Ein Name mit drei i? Auf gar keinen Fall, mein Lieber!« Isabella warf sich so schwungvoll, wie es mit einem Siebenmonatskugelbauch möglich war, auf das rote Samtsofa. »Was hältst du von … *Selma?* Das bedeutet Frieden und Harmonie. Kommt aus dem Arabischen.«

Ibrahim kniff die Augen zusammen. »Selma Al Bazi …«, wiederholte er träumerisch. »Ja, das klingt gut.«

Er warf Isabella einen Blick zu. »Oder eher Selma *Schmidthuber?* Was meinst du?«

Darius keuchte. Okay, er konnte irre schnell rechnen, aber bei manchen Dingen brauchte er etwas länger. Leni?

Iphigenie? Selma? Bedeutete das etwa, dass das neue Baby ein *Mädchen* war?

»Ein … ein *Mädchen,* Paps?«, rief er mit krächzender Stimme vom Küchenfußboden, was kein Wunder war – schließlich hatte er tagelang kein einziges Wort gesprochen.

Ibrahim drehte sich um. »Sieh da, sieh da – der werte Nachwuchs hat die Sprache wiedergefunden!« Sein Paps machte ein erfreutes Gesicht – und nickte. »Jep! Ein Mädchen, Darius! Ist das nicht toll?«

Darius rappelte sich hoch, während Ibrahim das neueste Ultraschallbild aus der Tasche zog und es zärtlich betrachtete.

In dem Moment kamen – zeitgleich – Oma Hedia und Oma Olga nach Hause. Oma Hedia schwerfällig keuchend durch die Haustür und Oma Olga leichtfüßig über die Terrasse. Ungleicher hätten sie mal wieder nicht aussehen können: Oma Hedia wie immer tief und dunkel eingemummelt und Oma Olga nur mit einem blumigen Hauch von Nichts bekleidet (also einem dünnen, pinken Sommerkleid).

»WAS? Ein Mädchen?«, rief Olga begeistert. Sie hatte von jeher Ohren wie ein Luchs, das hatte Pau Darius längst mal erzählt. Wenn Oma Olga etwas hören *wollte,* dann hörte sie es auch!

Ibrahim nickte lächelnd und reichte ihr das kleine schwarz-weiße Bildchen weiter.

Oma Hedia gab ein Schnaufen von sich. Sie griff sich an die Brust. Würde sie wieder ohnmächtig werden? Etwa, weil das neue Baby *nur* ein Mädchen war? Darius warf ihr einen kritischen Blick zu, aber nein, sie sank nur auf den erstbesten Stuhl.

»Jetzt: heiraten!«, knurrte sie. »Bevor kleine Prinzessin kommt! Alles muss Ordnung haben! Kind sonst keinen richtigen Vater!«

Darius war zum ersten Mal seit langer, langer Zeit mit seiner alten, tschadortragenden, gläubigen Großmutter vollauf einer Meinung!

Ja, verdammt noch mal, jetzt sollten sein Paps und Isabella heiraten …!

Er sah, wie Ibrahim Isabella einen nervösen Blick zuwarf. Und dann noch einen – und noch einen.

»Paps … los …«, raunte er.

Niemand nahm in diesem Moment zur Kenntnis, dass er wieder sprach, aber das war nur gut so.

»Ähm …«, machte Ibrahim. Und dann noch einmal: »Ähm …«

Darius biss sich auf die Lippen. ›Los‹, feuerte er ihn stumm an. ›Los, Paps!‹

»Heiraten? Niemals!«, verkündete Isabella genau da ein kleines bisschen zu laut.

»Wer will niemals heiraten?« Pau lehnte plötzlich über das Treppengeländer und blickte von dort oben hinunter ins Erdgeschoss.

Isabella lachte. »Ich!«

»Papperlapapp! MUSS sein!«, sagte Oma Hedia beinahe drohend.

»Isabella, willst du wirklich nicht …?« Ibrahim machte ein ziemlich bestürztes Gesicht.

Isabella seufzte. Sie zeigte auf ihren Bauch. »Ich passe so doch in kein vernünftiges Kleid! Und es ist affenheiß draußen!«

Sie hievte sich hoch und legte ihre Arme um Ibrahim, so gut das eben noch ging.

»Und überhaupt«, fügte sie hinzu und seufzte schon wieder. »Die ganze Heiraterei mit Lars Schmidthuber war mir schon damals viel zu spießig. – Verstehst du das, Ibrahim? Ich bin nicht so der Schickimickityp …«

Pau war nach unten gekommen. Hinter ihr tauchten Isi und Mina auf. Und einen Moment später sogar Roschan.

»Was ist hier los?«, brummte er.

Darius konnte es nicht fassen: Isabella wollte seinen Paps tatsächlich nicht heiraten?

Isabella wuschelte Ibrahim allerdings gerade aufmunternd durch die Haare.

»*Wenn* ich noch mal heirate …«, sagte sie träumerisch. »Dann …«

Sie verstummte und schaute gedankenvoll vor sich hin.

»Dann?«, wiederholte Ibrahim fragend.

Isabella lächelte. »Dann auf *meine* Weise, verstehst du? Mit einem wunderschönen Lagerfeuer im Garten … Einem Patenkind in Afrika anstelle eines idiotisch teuren Brautkleides … Mit freien, glücklichen Tieren rund um das Haus statt eines überteuerten Hochzeitsmenüs … Außerdem will ich barfuß im Regen tanzen! Mit dir, mein lieber iranischer Glücksfall!«

Isabella schaute strahlend in die Runde.

»Oh Mann, sie ist echt verrückt!«, brummte Roschan. »Völlig verrückt. Aber das habe ich dir schon immer gesagt, Paps!«

18
YAY – Ali!

»Danke noch mal, übrigens«, sagte Roschan leise zu Pau. Sie waren auf dem Weg zu Ali.

»Schon okay.« Pau winkte ab.

»Wofür bedankst du dich?« Darius machte ein misstrauisches Gesicht. Warum schlich Roschan denn plötzlich so auf Schmusekurs um Pau herum? Das war doch früher nicht seine Art gewesen. Da hatte er sich eigentlich nur mit Ali abgegeben. Und so sollte es auch bleiben, bitte schön! Pau war *seine* Sache – nicht Roschans!

»Kannst du nicht wieder in Schweigen versinken?«, knurrte Roschan und stieß seinen Zwilling in die Seite. »Das war, rückblickend betrachtet, gar nicht so übel!«

Die Brüder sahen sich an. Finster. Und doch nicht finster. Und dann doch wieder etwas finster.

Sie gingen weiter. Die Idee, zu Ali zu gehen, war auf Darius' Mist gewachsen, wie Roschan beim Losgehen noch mal eindringlich betont hatte.

»Sie muss zurückkommen!«, wiederholte Darius unermüdlich seine Rede vom Abend zuvor. »Ihren Bienen geht es gut, Frau Neumann, die Schnellschwätzerin, hat sich längst mit ihnen abgefunden – und Alis Rosen sind jetzt auch alle eingepflanzt! Die Mäuse haben Runtervomsofa und Achtmalacht verscheucht, die Mäuseköttel – wenn es denn welche waren – hat Oma Hedia weggesaugt! Ali soll gefälligst nach Hause kommen und uns in Sachen Hochzeit helfen! – Ibrahim hat ja scheinbar den Kopf in den Sand gesteckt und sich damit abgefunden, dass Isabella ihn nicht heiraten will!«

Pau und Roschan waren sich allerdings nicht sicher, ob ausgerechnet Ali als *Hochzeitsplanerin* die Richtige war, aber einen Versuch war es ja vielleicht wirklich wert.

»Was wollt ihr denn hier?«, schrie Ali über die Balkonbrüstung, als es an der Tür Sturm geläutet hatte.

»Hochkommen, was sonst?«, schrie Roschan zurück.

»Weshalb?«

»Schrei nicht rum, mach auf!«

Roschan war fast so ruppig wie immer, aber eben nur fast, wie Pau auffiel. Seit der Sache mit den Haferflocken war er einen Hauch weniger kampflustig … wie Pau fand. – Oder eigentlich hatte das schon ein paar Tage davor angefangen. Pau dachte an den Nachmittag zurück, als Roschan so trübtassig in den Garten getrottet war und keiner gewusst hatte, was mit ihm los war.

»Roschan?«, fragte sie leise, während sie durch das piekfeine Treppenhaus stiefelten.

»Hm?«

»Warum hast du dir eigentlich diese Haferfl…?«

»Psst!«, machte Roschan hastig. Er sah halb freundlich und halb nicht so freundlich dabei aus. Fast widerwillig deutete er auf seine Stirn.

»Pickel …«

Pau las es eher an der Bewegung seiner Lippen ab, als dass sie es hörte.

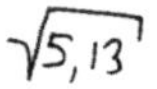

»Ihr flüstert ja schon wieder!« Darius machte ein finsteres Gesicht.

»Da ist doch gar nichts«, sagte Pau verwundert.

»Bist du blind, oder was?«, las sie als Antwort von seinen Lippen. Aber trotzdem wirkte er irgendwie erleichtert.

Dann waren sie oben.

»Ihr müsst hier draußen eure Schuhe ausziehen«, sagte Ali zur Begrüßung, als sie sich oben an der Wohnungstür trafen. Sie verdrehte die Augen. »Ach ja, und drinnen bitte nichts umschmeißen. Und wenn ihr was trinken wollt, nichts verkleckern! Und Eis nur auf dem Balkon, aber aufpassen, dass es nicht tropft. – Los, kommt rein …«

Roschan musterte Ali mit zusammengekniffenen Augen.

»Was ist?«, erkundigte sie sich augenblicklich misstrauisch.

»Okay, machen wir es kurz«, antwortete Roschan und blieb demonstrativ an der Türschwelle stehen. »Also: Eigentlich wollten wir dich mühsam dazu bringen, wieder mit uns nach Hause zu kommen. Was ich sagen will: Wir wollten dein Unterbewusstsein manipulieren, aber wie die Dinge hier liegen, hilft da nur eines: Komm nach Hause, Ali! *Jetzt, sofort!* Du siehst seelisch schon – sorry für meine Offenheit – ziemlich verschrumpelt aus!«

Ali biss die Lippen aufeinander und stierte einen Moment auf ihre Zehen.

»O… okay …«, sagte sie dann kurz entschlossen.

Pau fiel bei diesem knappen »Okay« eine wahre Zentnerlast von der Seele. Sie lächelte ihrem Zwilling erleichtert zu. Und Ali? Lächelte zurück.

Rasend schnell hechtete sie anschließend ein letztes Mal durch sämtliche Räume der piekfeinen Wohnung und sammelte ihre Siebensachen zusammen.

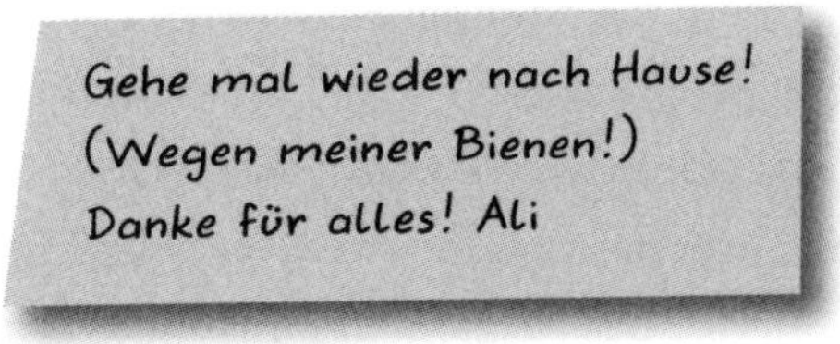

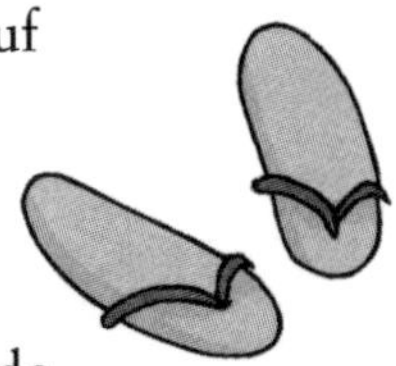

– schrieb sie auf einen kleinen Zettel und legte ihn auf das ordentlich aufgeschüttelte Kopfkissen von Lars Schmidthuber.

Zum Schluss schlüpfte sie erleichtert in ihre zitronengelben Flipflops und raste zusammen mit den anderen drei Zwillingen aus dem Haus.

»Los, zurück in die gute, alte *Bruchbude!*«, sagte Roschan zufrieden.

Pau lächelte Darius zu und dann wanderten sie zu viert durch die Affenhitze zurück in die Rosmerthastraße.

Bis zum Abend blieben sie im hinteren Teil des Gartens.

»Danke, dass du dich um Lady Gaga und die anderen Bienen gekümmert hast«, sagte Ali zu Pau.

Pau lächelte.

»Und, Darius, danke für die eingepflanzten Rosen.«

Darius, der Runtervomsofa und Achtmalacht gerade ihre Anti-Zecken-Tabletten verpasste, nickte. Er war immer noch bekümmert wegen Ibrahim und Isabella und zerbrach sich die ganze Zeit den Kopf nach einer Lösung. Es musste eine geben.

»Und wofür bedankst du dich bei mir?« Roschan lag bäuchlings im Gras.

»Bei dir?«

Alis Stimme klang auf einmal so unergründlich, dass Roschan sich leicht nervös vom Bauch auf den Rücken rollte. Er schaute Ali mit zusammengekniffenen Augen an.

»Immerhin habe ich dich von Lars Schmidthubers piekfeiner Horrorbude erlöst! Ist das etwa nichts …?«

Auf einmal wurde ihm bewusst, dass Ali gespannt sein Gesicht studierte, das jetzt – ungünstigerweise – von der Sonne beschienen wurde.

»Sag nichts«, murmelte er und sein Grinsen erlosch. »Ich weiß, ich hab da … ein paar Pickel …«

Ali lächelte milde. »Macht ja nichts«, sagte sie betont freundlich. »Da kann man bestimmt was, äh, draufschmieren und dann … verschwinden sie wieder …«

Merkwürdigerweise brach Pau bei diesen gönnerhaften Worten in unbändiges Gekicher aus.

»Was hast du?« Ali warf ihrer Schwester einen verwirrten Blick zu.

»Äh … nichts …«, kicherte Pau.

Darius ließ unterdessen die beiden Katzen davonstromern und zog sein Handy aus der Hosentasche. Er googelte *Heiratsvoraussetzungen* und starrte anschließend brütend vor sich hin. Binnen Sekunden hatte sein Gehirn alles, was zum Thema Heiraten von Wichtigkeit war, abgespeichert:

In Deutschland bedarf es für eine rechtsgültige Eheschließung einer standesamtlichen Trauung. Vor der romantischen Zeremonie müssen jedoch ein paar bürokratische Hürden überwunden werden. Hier erfahren Sie, was es bei der Anmeldung zur Eheschließung auf dem Standesamt zu beachten gibt … Hastig überflog Darius die Seite. – VERDAMMT! Zuallererst musste man eine Hochzeit auf dem Rathaus anmelden!

Und dazu kam, dass man wirklich *eine Masse Papiere* brauchte!

Abends, im Bett, murmelte Darius leise vor sich hin, was sein Gehirn am Nachmittag im Garten da auf die Schnelle abgespeichert hatte: »Ausweise, Auszug des … äh … Familienstammbuchs, Ehefähigkeitszeugnis, Scheidungsurkunden von vergangenen Ehen, Sterbeurkunde eines vorherigen Ehepartners, Geburtsurkunden von bereits vorhandenen Kindern …«

Darius seufzte tief. Das klang echt nach viel – Stress …

19
Pfui! Pfui! Pfui!

»Du willst WAS?«

Die Frau an der Rathauspforte starrte Darius über den Rand ihrer Brille hinweg äußerst misstrauisch an. »Soll das … vielleicht ein Witz sein?«

Darius schüttelte den Kopf.

»Nein, kein Witz. Absolut kein Witz …«, stotterte er nervös. »Ich will einfach nur wissen, wo ich hier eine – nun ja – Hochzeit anmelden kann? Und wo es die nötigen Papiere dazu gibt?«

»Willst DU etwa heiraten?« Die Frau funkelte Darius mit zusammengekniffenen Augen an. Sie schien die Sache für einen schlechten Scherz zu halten.

»Ich? – Nein, natürlich nicht!« Darius seufzte tief. ›Die Wurzel aus 23 711 ist … – äh … 153,98‹, dachte er hastig, um wenigstens einigermaßen ruhig zu bleiben.

Irgendwie war die Sache noch komplizierter, als er angenommen hatte. Verdammt! Warum hatte er nicht wenigstens Pau eingeweiht und mitgebracht?

»Ja, wessen Hochzeit möchtest du denn dann anmelden?« Die Frau an der Pforte seufzte nun ebenfalls tief.

Es war echt der Sommer der Seufzer, fand Darius.

»Für meinen Vater«, sagte er ergeben. »Ibrahim Al Bazi …«

»Dann soll dein Vater am besten selbst mal bei uns vorbeischauen«, erwiderte die Frau spitz. »Ich meine, wenn er *tatsächlich* Hochzeitsabsichten hegt ... Da schickt man nicht einfach seinen Sohn vorbei! AUSLÄNDER! Ich sag's ja immer ... Sitten sind das ...«

Sie lachte gekünstelt und wandte sich wieder ihrem PC zu. Für sie schien die Angelegenheit damit erledigt zu sein.

In dem Moment hob eine zweite Frau, die bisher weiter hinten im Raum an einem Computer geschrieben hatte, den Kopf.

»Ibrahim Al Bazi?«, wiederholte sie aufhorchend.

Darius nickte fahrig. Er fühlte sich mittlerweile hundeelend. Vermutlich war es eine Schnapsidee gewesen! Je schneller er von hier wegkam, desto besser.

»Na, da bist du heute jedenfalls nicht der Erste, der eine Heirat für einen gewissen ...«

Sie warf einen Blick auf eine handschriftliche Notiz auf ihrem Schreibtisch, »... Ibrahim Al Bazi anmelden möchte!«

Darius verstand kein Wort.

»Vor ein paar Minuten war bereits eine Frau ... äh ... Hedia Al Bazi hier und hat nach denselben Formularen wie du gefragt ...«

»Was?«

Darius riss die Augen auf.

Die zweite Frau hinter der Pforte nickte. »Ja, und sie hat sogar einen ganzen Stapel Unterlagen dabeigehabt und darauf bestanden, sie hier zu deponieren ...«

Sie deutete auf einen leicht knitterigen Stoß Blätter. »Und wenn ich das alles richtig verstanden habe, soll dein Vater ... unsere Frau Bürgermeisterin heiraten?«

»Ähm … genau … Ja, ich meine …«, stotterte Darius unzusammenhängend. In seinem Kopf drehte sich ein wirres Gedankenkarussell. Oma Hedia hatte also tatsächlich exakt dieselbe Idee gehabt wie er? Und sie hatte bereits die nötigen Unterlagen dabei? Alle? Kein Wunder, dass er so rein gar nichts gefunden hatte. Aber er hatte es natürlich auf das Chaos in ihrem Haus geschoben.

Die Frau war aufgestanden. Jetzt öffnete sie die kleine Seitentür neben der Pforte und trat heraus. Leicht unsicher streckte sie Darius die Hand entgegen. Sie schien selbst nicht so supergut drauf zu sein, schoss es Darius durch den Kopf. Jedenfalls hatte sie irgendwie rot geränderte Augen und eine Spur von verlaufener Schminke unter den Augen.

Allergie? Kummer? Ärger?

Hatte sie sich am Ende so über Oma Hedia aufgeregt? War Oma Hedia vielleicht mal wieder ohnmächtig geworden? Bei ihr konnte man ja nie wissen …

»Hast du vielleicht einen Moment?«, erkundigte sich die Frau da leise, während sie Hände schüttelten.

Darius nickte verwirrt. Die Frau mit den roten Augen deutete, während sie durch den Vorraum des Rathauses gingen, nach draußen.

»Dort unten sitzt übrigens die Frau, die eben hier war«, sagte sie mit gedämpfter Stimme. »Da! Auf der Bank neben der Blumenrabatte! Siehst du?«

Klar, Darius entdeckte Oma Hedia auf den ersten Blick. Tief eingemummelt in ihren Tschador saß sie auf einer der alten, schnörkeligen Rathausbänke und starrte düster vor sich hin.

»So, hier rein …«

Die Frau mit den roten Augen hatte die Tür zu einem kleinen Büro geöffnet.

»Hier arbeite ich normalerweise …«

Ihre Stimme klang auf einmal leicht verstimmt, aber sie hatte sich schnell wieder im Griff. »… und jetzt zeige ich dir mal was!«

Sie sank auf einen Bürostuhl, öffnete eine Schublade und dann eine zweite und kramte noch mehr leicht knittrige Papiere hervor.

Darius hatte keine Ahnung, was sie von ihm wollte.

»Das sind zwei … nun ja … Heiratsanmeldungen«, sagte die Frau mit einem Anflug eines winzigen Lächelns. »Beide kamen einzeln hier ins Rathaus geflattert … Und willst du wissen, wer sie eingereicht hat?«

Darius hob verwirrt die Schultern, während die Frau auf das erste Formular deutete. »Dieses kam schon vor mehreren Monaten! Ein gewisser – Ibrahim Al Bazi verkündete damals Heiratsabsichten …«

Sie wedelte mit dem zweiten Formular. »… und das kam vor fünf Wochen … Diesmal wünschte eine gewisse Isabella Schmidthuber Informationen über freie Trautermine in diesem Sommer …«

»Wow …«, murmelte Darius geplättet. Er verstand kein Wort. Warum gingen sein Paps und Isabella denn *einzeln* zum Rathaus und verkündeten dort klammheimlich, heiraten zu wollen? Und warum, verdammt noch mal, wurde dann doch nichts daraus?

»Du siehst also: Alle nötigen Unterlagen sind im Haus«, sagte die Rotaugenfrau mit einem kleinen, schiefen Lächeln im Gesicht. »Fehlt nur das heiratswillige Brautpaar!«

Darius seufzte einen neuerlichen Sommerseufzer. Ja, das war eben der Mist an der Sache! Irgendwo gab es immer eine Unbekannte, die für die Lösung nötig war!

»… ich hätte dir das alles vermutlich gar nicht erzählen dürfen«, sagte die Frau auf der anderen Seite des Schreibtisches plötzlich eine Spur kleinlaut. »Datenschutz und so …«

Sie machte ein betrübtes, zerknirschtes Gesicht. »Ich mache eben dauernd Fehler – das liegt daran, dass ich schneller rede, als ich denke …«, murmelte sie plötzlich. Ihr Blick verfinsterte sich, bis sie fast so finster schaute wie Oma Hedia draußen auf der Rathausbank.

»Fraudarine«, stieß sie dann plötzlich kämpferisch hervor und reckte das Kinn. »Ist doch ein gutes Wort! Mindestens so gut wie Mandarine, oder? Frautel statt Mantel! Klingt meiner bescheidenen Meinung nach sogar viel besser! Winterfrautel! Daunenfrautel! Schurwollfrautel! – Vielleicht kannst du ja bei deiner, nun ja, zukünftigen Stiefmutter ein gutes Wort für mich einlegen?«

Aaaahhh, Frau Eisenbeiß!

Die Erkenntnis ereilte Darius wie ein Schlag auf den Kopf. Herrschaftszeiten, war er bei der Ausführung seiner SCHNAPSIDEE tatsächlich auch noch ausgerechnet an die verrückte Frau Eisenbeiß geraten? Und jetzt wollte sie seine Hilfe, um wieder ihre aus dem Ruder gelaufenen Deutschkurse geben zu dürfen?

Aber noch ehe Darius auch nur den Hauch einer Möglichkeit hatte, ihr eine Antwort zu geben, entstand draußen vor der Tür ein jäher Tumult!

»Pfui!«, schrie eine Stimme. »Pfui! Pfui! Pfui!«

Es polterte.

»Zum Teufel!«, schrie jemand.

»Einen Arzt! Wir brauchen einen Arzt!«, schrie eine andere Stimme.

»Ist sie etwa – tot?«

Darius war aufgesprungen wie von der Tarantel gestochen. Die Stimme, die Pfui geschrien hatte, hatte er eins zu eins erkannt …

VERDAMMT!

20
We are family!

»Oma Hedia!«, stöhnte Darius, nachdem er es endlich geschafft hatte, sich durch die große Hochzeitsgesellschaft hindurchzudrängeln, die erschrocken im Vorraum des Rathauses herumstand und entsetzt zu Oma Hedia hinunterstarrte, die wie tot am Boden lag. Rasch kniete er sich neben seine Großmutter.

»Kennst du die Frau?«, fragte ein besorgter Mann und tippte Darius auf die Schulter. Es schien sich um den Bräutigam der Gesellschaft zu handeln. ›Die haben es gut!‹, schoss es Darius bitter durch den Kopf. Bei denen klappte das mit dem Heiraten!

»Ja, das ist meine Oma.«

»Ist sie krank? Wir rufen sofort einen Rettungswagen!«

Darius fuhr herum. »Nein, nicht! Bitte nicht! Es … es ist nichts! Meine Oma wird gleich wieder … okay sein!«

»Bist du sicher?«

Diesmal sprach ein anderer Mann. Auch er sah aus wie … der Bräutigam. Jedenfalls nahm Darius das an. Beide Männer knieten jetzt ebenfalls neben Oma Hedia und warfen ihr besorgte Blicke zu. Beide trugen sie schicke Anzüge und beide hatten eine rote Rose im Knopfloch.

Oma Hedia stöhnte.

Schwerfällig öffnete sie das linke Auge.

»Mann küsst Mann …«, hauchte sie entsetzt und öffnete nun auch das rechte Auge. Wenigstens einen Spaltbreit. »Darius, lass uns zurück nach Persien gehen! Hier küssen und HEIRATEN *Mann* und *Mann!* Und alle jubeln und knipsen Bilder …«

Oma Hedia verdrehte schockiert die Augen, ihre Augenlider flatterten und sie machte Anstalten, ein weiteres Mal den Geist aufzugeben, aber plötzlich riss Darius der Geduldsfaden.

»Lass das jetzt endlich mal, Oma!«, rief er ärgerlich und rüttelte seine Großmutter recht unsanft am Arm. »Das ist eine Hochzeit! Okay, eine schwule Hochzeit, aber das ist doch völlig wurscht! Kann doch jeder lieben, wen er will!«

Oma Hedia zuckte zusammen bei diesen Worten.

»Los jetzt, Oma Hedia, hoch mit dir«, knurrte Darius entschlossen. Er zerrte seine Großmutter auf die Beine.

»… sorry für den Ärger«, fügte er entschuldigend an die beiden Bräutigame hinzu. »Meine Oma und ich wünschen noch eine schöne, tolle, fröhliche Hochzeitsfeier! Und ein tolles Leben zu zweit …«

»Aber …«, unterbrach ihn Oma Hedia.

»Kein Aber, Oma!«, fauchte Darius. Er sah, dass Frau Eisenbeiß immer noch in seiner Nähe herumstand. Wartete sie etwa auf eine Antwort? Ihm blieb aber auch nichts erspart.

»Ich, äh, werde sehen, was ich tun kann …«, raunte er ihr zu. »Und danke noch mal …«

Wofür auch immer er sich da bedankte. Okay, Isabella und Ibrahim hatten, wie Frau Eisenbeiß behauptete, jeweils einmal – jeder für sich allein – im Rathaus über das Heiraten nachgedacht, aber es würde ja wohl doch nichts daraus werden.

»Gehen besser alle zusammen nach Persien«, sagte Oma Hedia kriegerisch beim Mittagessen, das Ali ausnahmsweise gekocht hatte. Ibrahim war den ganzen Vormittag über in seinem Radhaus gewesen. Und Isabella bei einer Seniorenheimeinweihung. Roschan lag seit Sonnenaufgang im Garten in der Sonne, um seine Haut mittels UV-Strahlung (besser als Haferflockenmus!) zur Überwindung aller Pickelprobleme zu bringen, und Pau war mit Amira im Schwimmbad gewesen.

Normalerweise erbarmten sich an solchen Tagen Oma Hedia oder Darius und kochten für alle, aber sowohl Oma Hedia als auch Darius waren an diesem Vormittag spurlos verschwunden gewesen.

»In Persien heiraten nicht *Mann und Mann!*«

Oma Hedia schüttelte noch immer schockiert den Kopf. »Verrückte Sitten in Deutschland!«

Es gab aufgetaute Mozzarellastäbchen, einen Berg Dosenbohnen und dazu Sojasoße.

»Wow, lecker, Ali! – Gibt's noch einen Nachschlag?«, sagte Roschan zynisch. »Um das hier zu verdauen, muss man Eingeweide aus rostfreiem Edelstahl haben …«

»Dann kochst morgen halt du, du Hirni!«, konterte Ali, gerade als Ibrahim nach Hause kam.

»Das war es wohl mit dem Sommer«, sagte er und rubbelte sich mit einem Handtuch seine tropfnassen Locken trocken. »Meine Handy-App sagt, es wird die nächsten zwei Wochen so weiterschütten!«

Pau warf einen prüfenden Blick in den Garten. Richtig, die Sonne war nicht mehr zu sehen. Stattdessen war der Himmel voller düsterer Wolken. Dicke Regentropfen pladderten von jetzt auf gleich gegen die Terrassenfensterscheiben. Die Bäume begannen, im Wind zu ächzen. Alis Bienen hatten sich alle verkrümelt.

»Sauwetter!«, stöhnte Roschan genervt.

»Isabellas Lieblingswetter«, gab Ali zu bedenken.

Darius spähte immer noch nach draußen.

»Du hast ja einen Mordsanhänger an deinem Rad heute, Paps«, sagte er verwundert. »Was schleppst du denn da alles mit dir rum?«

»Hm, hm, hm«, war alles, was Ibrahim darauf erwiderte, und dann machte er sich über die Reste des Mittagessens her.

Isabella und Oma Olga waren an diesem Nachmittag die Letzten, die nach Hause kamen.

»Sommergewitter!«, rief Isabella begeistert und ließ Runtervomsofa und Achtmalacht ins Haus, die nebeneinander über die Wiese galoppiert kamen und bereits klatschnass waren.

»Was machst du?«, fragte Pau Darius, der wild auf seinem Handy rumtippte und abwechselnd den Kopf schüttelte und die Stirn runzelte.

»Ich googel, ob schon mal – außer in *Der Zauberer von Oz* – ein Haus durch einen Sturm so richtig komplett aus der Erde gerissen worden ist …«

»Klar, jedes Jahr in den USA, du Ich-habe-nichts-als-Mathe-im-Kopf-Typ!«, rief Roschan. Er hatte sich ein Handtuch geschnappt und versuchte, die beiden unzertrennlichen Katzen trocken zu rubbeln. »Bei diesen berühmten Hurrikans!«

»Darius hat doch schon längst nicht mehr nur Mathe im Kopf«, warf Ali grinsend ein. »Er ist inzwischen mehr so der Ich-habe-nichts-als-Pau-im-Kopf-Typ, oder?«

Pau warf Ali einen warnenden Blick zu. »Hör auf mit dem Gequassel«, sagte sie grinsend. »Sonst könnte es mir passieren, dass ich versehentlich erwähne, dass ein gewisses Mädchen hier im Haus Roschans Haarlack geklaut hat, nur um ihn heimlich zu versprühen und ganz im Verborgenen ein bisschen Roschanduft zu schnuppern ...«

Roschan hob den lockigen Kopf, aber als er Alis gefährlich funkelnde Augen sah, machte er lieber keinen Kommentar. Stattdessen lächelte er einfach nur zufrieden vor sich hin.

»Selma strampelt ...«, sagte Isabella in dem Moment. Ihre Stimme klang ... verklärt – wie immer, wenn es um das Baby ging. Augenblicklich verdrehte Roschan die Augen, aber Ali war sich sicher, dass er das nur aus Verlegenheit tat.

»Los, Ibrahim, Hand her! Fühlen ...«, rief Isabella, weil Ibrahim ein sicheres Händchen dafür hatte, die Baby-im-Bauch-Strampelmomente zu verpassen.

»Äh – Ibrahim?«, rief Isabella und sah sich um. »He, wo steckt denn mein Iraner schon wieder?«

Das Sommergewitter gab sein Bestes. Der Regen peitschte mittlerweile wie irre um das alte, noch längst nicht fertig renovierte Haus.

»In Deutschland sind Häuser deutlich stabiler gebaut als in den USA«, las Darius aus dem Internet vor.

»Das beruhigt enorm ...«, überschrie Roschan das laute Geklapper der Fensterläden, die sich durch den wilden

Wind fast alle aus ihren Halterungen gelöst hatten und krachend auf- und zuschlugen.

In dem Moment kam Ibrahim zur Terrassentür hereingewankt. Er war tropfnass.

»Isabella!«, rief er schwankend. »Die ganze Familie mal herkommen.«

»Um Himmels willen! Was schleppst du denn da an?«

Isabella riss die Augen auf. Sie hievte sich mühsam auf und ging Ibrahim entgegen.

»Das ist eine Feuerschale«, erklärte Ibrahim stolz und stellte die Schale ab. »Für dein wildes Lagerfeuer, – warte …«

Er verschwand durch die Wohnzimmertür und kam im nächsten Moment mit einer Fotografie zurück.

»Da, das ist Okinji John Ohindo aus Kenia«, sagte er und drückte ihr das Bild in die Hand. »Er ist zehn und hat drei kleine Schwestern. Ich habe eine Patenschaft für ihn übernommen, bis er achtzehn ist – dann sehen wir weiter!«

Isabella schaute abwechselnd liebevoll auf die kleine Aufnahme und auf Ibrahim. Roschan trippelte unruhig von einem Fuß auf den anderen. Ihm war das sichtlich nicht geheuer. Aber Ibrahim war noch nicht fertig.

»… jetzt wird es allerdings etwas schwierig wegen des Wetters«, sagte er eine Spur kleinlaut. »Das sind Desdemona, Lady Macbeth und Monalisa!«

Er deutete auf zwei dickliche, freundlich aussehende Schafe und eine kleine, dürre Ziege, die nacheinander scheu ihre Köpfe durch die Wohnzimmertür streckten. »Keine

Angst – der alte Gartenschuppen wird einen prima Stall abgeben! Yussuf hat das alles klammheimlich schon vorbereitet!«

»Ohhh …«, hauchte Ali begeistert.

»Und – nun ja – das sind … äh … Lilli Marlen, Amelie und Constanze!«

»Hühner!«, rief Oma Olga strahlend.

Oma Hedia schnappte sich das herumstaksende Geflügel sogleich und unterzog es einer eingehenden Prüfung. »Gute Wahl! Gesunde Tiere! Werden gut legen!«, murmelte sie zufrieden.

»Da bin ich aber froh, dass du auch mal mit irgendwas zufrieden bist, Mutter«, murmelte Ibrahim. Dann nahm er feierlich Isabellas Hände.

»Okay, du bist zwar mittlerweile dick wie ein Elefant«, sagte er dazu lächelnd. »Aber du wolltest es ja nicht anders …«

Er öffnete die Terrassentür und zog Isabella rasch nach draußen in den Sturm.

»Nicht doch!«, rief Oma Hedia, aber da krachte die Tür auch schon wieder zu. Es knirschte und alle starrten gebannt zwischen dem langen, zackigen Riss in der Scheibe und Isabella und Ibrahim hin und her, die barfuß zusammen im Regen tanzten.

»Sie sind komplett irre!«, sagte Roschan kopfschüttelnd. »Und wir sind echt arm dran, dass sie ausgerechnet *unsere* Erziehungsberechtigten sind!«

»Also, ich finde es okay …«, murmelte Darius und lächelte Pau und Ali zu.

Als Ibrahim und Isabella klatschnass getanzt zurück ins

Haus kamen, wusste Darius irgendwie schon, was sein Paps im nächsten Moment verkünden würde! Er hielt die Luft an – und er hatte sich nicht geirrt!

»Stellt euch vor: Morgen wird geheiratet!«, rief Ibrahim froh. »Eine Hochzeit in strömendem Regen! Was will man mehr, oder?«

John August

Arlo Finch

Im Tal des Feuers

Irgendwas stimmt nicht in Pine Mountain. Das merkt Arlo Finch sofort, als er mit seiner Familie in das abgeschiedene Bergdorf zieht. Was hat es mit den merkwürdigen Tieren auf sich, die ihm immer wieder am Waldrand auflauern, und was mit dem Mädchen, das niemand außer ihm sieht? Zum Glück findet Arlo in Indra, Henry Wu und den ortsansässigen Rangern schnell Freunde, die sich bestens auskennen mit den Geheimnissen der Langen Wälder, mit Schutzzaubern und den Gefahren der Wildnis. Doch auch sie hätten nie geahnt, in welch unglaubliches Abenteuer sie geraten, als sie die Wälder gemeinsam mit Arlo betreten.